KB062368

이것이 삶이다

이것이 법이다 100

2020년 11월 6일 초판 1쇄 인쇄
2020년 11월 11일 초판 1쇄 발행

지은이 자카예프
발행인 이종주

총괄 김정수
경영 지원 배진경 임혜솔 송지유

기획 이기헌 왕소현 박경무 강민구
책임 편집 최전경

발행처 (주)로크미디어
출판등록 2003년 3월 24일
주소 서울시 마포구 성암로 330 DMC첨단산업센터 3층 318호, 319호
Tel (02)3273-5135 **편집** 070-7863-8592 **Fax** (02)3273-5134
홈페이지 rokmedia.com **E-mail** rokmedia@empas.com

값 8,000원

ISBN 979-11-354-5684-8 (100권)
ISBN 979-11-255-9575-5 04810 (세트)

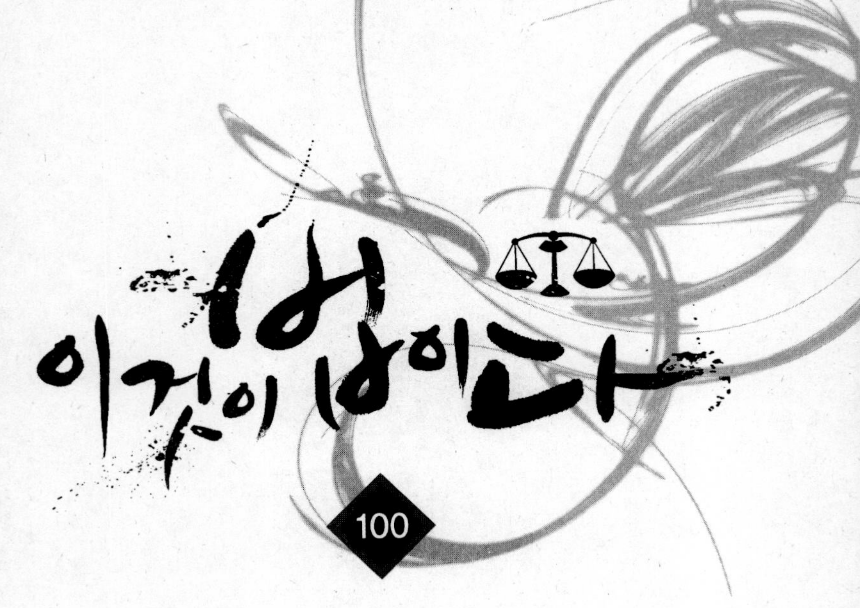

자카예프 장편소설

이 소설은 픽션입니다.
등장하는 인물 및 지명 등은 현실과 연관이 없습니다.
또한 소설 내에 나오는 법이나 법리 해석의 경우에도 대중문학의 극적 전개를 위하여 일부분 과장되거나 변형된 것이 존재하니 실제 법과 혼동하지 않으시길 바랍니다.

CONTENTS

종교는 인민의 아편이다

일본의 무녀. 종교적 행사를 집전하는 신관을 도와주는 역할을 하는 여성.

"하지만 일본에는 공식적으로 무녀라는 존재가 없지요."

노형진은 신동하를 만나서 이야기하고 있었다.

신동하는 이번 기회가 사실상 천황가를 도와줄 마지막이라는 생각에 그 말을 듣고 있다가 어리둥절하게 물었다.

"공식적으로 무녀가 없기는요. 행사 때마다 나오는데요."

"그래서 제가 '공식적으로'라는 말을 한 겁니다. 현대의 무녀는 사실상 명목상의 존재입니다. 일본 내에서 크게 영향력도 없고 또 존재 가치도 인정받지 못하고 있지요."

"으음…… 이해가 안 갑니다. 그것과 천황가가 어떤 관계가 있는 건지 전 모르겠습니다.”

신동하는 노형진의 말뜻을 이해하기 어렵다는 표정이었다.

하긴 정상적인 사람이라면 노형진의 계획은 전혀 예상하지 못할 것이다.

“지금 무녀라는 IP를 가징 많이 소비하는 콘텐츠가 어디라고 생각하십니까?”

“글쎄요, 그건 잘 모르겠는데요.”

“무녀라는 존재를 가장 많이 소비하는 콘텐츠는 공교롭게도 음란물입니다. 일본의 AV 업계지요.”

“그건…….”

신동하는 입맛을 다셨다.

거의 매달 수백 개의 음란물이 새로 나오는 일본이다.

그중 몇 개는 출연자를 무녀라는 직업으로 꾸며서 관계를 맺곤 한다.

“그건 그렇지요. 아니면 성인 만화나…….”

머리를 긁적이는 신동하.

물론 행사 때마다 당연하게도 무녀라는 존재가 나온다.

“하지만 현실적으로 그 여자들이 진짜 무녀인가요?”

“아니요.”

현대 일본의 신사에서 진짜로 무녀로서 활동하는 사람은 거의 없다고 봐도 무방하다.

그럴 수밖에 없는 게, 무녀라는 존재 자체만으로는 생활이 불가능하다 보니 다른 업종에 종사할 수밖에 없기 때문이다.
일부 진짜 직업적인 무녀가 없는 것은 아니다.
그러나 이는 극히 일부의 초대형 신사 소속에 한정되고, 대부분의 소형 신사들은 고정된 수입이 없기 때문에 무녀를 직업적으로 고용하지 않는다.
"그건 저도 알고 있습니다. 사실 현대에서 무녀란 그냥 아르바이트하는 여고생쯤 되는 거죠."
"그래서 AV 업계에서 더 좋아하는 이미지가 된 거고요."
무녀라는 존재의 성스러움, 신비함, 거기에 어리다는 특징, 그리고 소중한 것이 더러워진다는 배덕감.
그게 일본 남성의 감정을 묘하게 건드리며 적지 않은 마니아층을 만들어 냈다.
"물론 현실에서는 정상적인 무녀들이 활동하기는 합니다."
변명 아닌 변명을 하는 신동하.
아무리 그가 한국의 핏줄이라고 하지만 일본인으로서 일본의 교육을 받은 사람이니 일본의 문화가 수준 낮은 취급을 받는 것이 기분 좋지는 않았다.
"압니다. 하지만 현실적으로 일본 문화에서 무녀라는 존재가 가지는 비중은 아주 낮지요. 정확하게 말하면 신사라는 존재가 가지는 비중이 아주 낮지요. 안 그런가요?"
"이해가 안 가는데요. 신사는 일본 문화의 근간을 이루는 핵심입니다."

그저 단순히 존재하기만 하는 게 아니라 신사는 새해를 맞이하고 축재를 이끄는 역할을 수행한다.

한국의 종교 단체가 특정 종교를 대변한다면, 신사는 그 지역의 토착 문화와 아주 밀접한 관계를 맺고 있는 경우가 많다.

"맞습니다. 하지만 그 때문에 그들의 존재가 애매하다고 이야기하는 거지요."

"그들의 존재가 애매하다?"

"음…… 이게 복잡한 이야기인데, 일본의 신사와 신도는 일종의 종교이지요?"

"그렇지요."

일본은 만신이라고 한다.

그만큼 신이 많다는 소리다.

사실 말이 만신이지, 대놓고 따진다면 800만이나 된다.

크게는 일본의 주신인 아마테라스에서부터 작게는 여우신까지 엄청나게 많은 신들이 존재하는 것이 바로 일본의 종교 문화다.

"그런데요?"

"이렇게 표현하는 게 정확하겠군요. 가령 일본 AV 업계에서 수녀를 대상으로 찍었다면 어떤 일이 벌어질까요?"

"네?"

"아니면 비구니를 대상으로 AV를 찍었다면요?"

"그건…… 아주 가루가 될 텐데요?"

"제가 말하는 게 그런 겁니다."

물론 그런 게 아예 없는 것은 아니다.

그쪽으로는 무척이나 창의적인 게 일본인이니까.

하지만 그들이 AV를 찍을 때 완전하게 동일하게 찍지는 않는다.

찍을 수 없기 때문이다. 그건 심각한 종교적 모욕이니까.

그래서 콘셉트를 그렇게 잡는다고 해도 진짜 종교인의 복장과 비슷할지언정 똑같은 복장은 하지 못한다.

"그게 현실이지요. 만일 그런 걸 소재로 찍는다면 관련 종교인들이 크게 반발할 테니까요. 하지만 무녀는 그렇지 않습니다. 제가 그래서 AV 이야기를 한 겁니다."

"으음……."

신동하는 노형진이 하는 말을 이해하기 위해 상당히 노력했다.

그리고 조금은 알 것 같았다.

"그러니까 그에 대해 항의를 하자 이건가요?"

"전혀 이해가 안 가시는가 보군요."

"사실 그렇습니다."

노형진은 신동하의 말에 입맛을 다셨다.

하긴 현실적으로 그럴 것이다.

일본인의 가장 근본이라 할 수 있는 것이 신사를 통한 종교적 문화지만, 웃기게도 정작 현대에 와서는 그 종교적 문화의 근간 자체가 상업화되면서 종교로서의 가치는 사라졌다고 봐도 무방할 정도니까.

"천황이 누구입니까?"

"그거야 일본을 지배…… 아니, 대표하는 황제이시지요."

"천황의 존재 의의가 아니라, 그 단어의 어원에 대해 묻는 겁니다."

"하늘의 자손이죠."

"맞습니다. 하늘의 자손이지요. 그리고 무녀는요? 신관은? 그리고 신사는?"

"하늘에 제사를 지내는 사람들이지요."

"그런데 그 둘의 관계는요?"

"없지요. 그들이 무슨 관계가 있겠습니까?"

"제가 말씀드리는 게 그겁니다. 일본은 신사 문화입니다. 그리고 그 위에는 천황이라는 존재가 있지요. 천주교로 치면 신관은 사제이고 무녀는 수녀입니다. 그리고 천황은 종교적인 황제인 셈이지요."

"그건 좀 아닌 것 같은데요?"

신동하는 애매한 표정으로 말했다.

"일단 노 변호사님께서 잘 모르는 것 같아서 설명드립니다만 현재 일본의 종교는 천황의 아래에 있는 게 아닙니다. 신도지령에 따라서……."

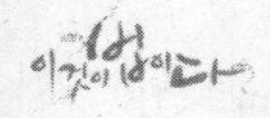

“압니다. 그래서 드리는 말씀입니다.”

일본은 원래 2차대전 당시에 천황을 신으로 모시면서 전쟁을 진행했다.

이를 국가신도라 부르는데, 쉽게 말해서 천황은 지상의 살아 있는 신이며 또한 일본은 그의 신성한 영토라는 의미다.

아이러니하게도 이 때문에 일본에서는 모든 신사들이 천황 아래에 속하는 구조가 되었고, 이를 이유로 많은 무속 의식들이 금지되었다.

쉽게 말해서 살아 있는 신인 천황이 있으니 다른 신을 모시는 것은 불경하다는 것이다.

이러한 국가신도 정책은 나중에 사라지는데, 2차대전에서 패하면서 미국이 그러한 사상을 전쟁의 원인 중 하나로 보고 금지했기 때문이다.

그리고 그 사건으로 인해 국가기관의 하나였던 신사들은 일반 종교 시설로 변경되었고, 신사에 대한 국가의 어떠한 형태의 개입이나 지원 등도 금지되었다.

그 이후 신사들은 각자도생의 길로 들어갔고, 그게 각 신사들이 자본주의적 모습으로 바뀌는 가장 큰 이유가 되었다.

신이고 뭐고 일단은 먹고살아야 했으니까.

그리고 그러한 행동들은 결국 천황의 인간 선언까지 연결된다.

“그리고 일본 정부는 천황의 인간 선언을 교묘하게 부정하고 있지요. 안 그런가요?"

"그건 그렇지요."

그렇지 않았다면 이미 요히토에 대한 유전자 검사를 했어야 했다.

어차피 인간이고 그게 어려운 일이 아니니까.

하지만 일본 정부는 어떻게 해서든 그 유전자 검사를 막기 위해 노력하고 있다.

"제가 몰라서 그러는 게 아닙니다. 다만 그걸 이용할 수 있기 때문에 말하는 겁니다."

노형진의 말에 신동하가 여전히 이해가 가지 않는다는 듯 미간을 찡그렸다.

"이용할 수 있다는 게 대체……?"

"신사들은 현재 상업적으로 변했지요."

"그게 미국이 요구한 거 아닙니까? 설마 천황이 그들을 공무원으로 엮기를 바라는 겁니까? 그럴 수는 없습니다."

그건 명백하게 정치적 활동이다.

그리고 천황은 정치적 활동을 할 수가 없다.

"물론 공무원으로 엮을 수는 없습니다. 하지만 종교인이 될 수는 있지요."

"그게 무슨 말이지요?"

"종교를 아우른다고 해서 그가 정치인이나 공무원이 되는 건 아니라는 말입니다."

일본 신사의 현실은 이렇다.

각 신사는 그곳을 관리하는 신관이 운영한다.

그러나 현재 신관의 신분은 대부분 직장인으로, 딱히 나라에서 공인되지 않았다.

그러니 무녀 또한 마찬가지로, 일본의 영화나 애니메이션에 나오는 모습들은 대부분 초대형 신사에 한할 뿐 지역마다 있는 소규모 신사들은 말 그대로 주택과 그다지 다를 바 없다. 행사를 치를 때만 종교 시설로 이용되는 수준이랄까?

"그리고 천황이 있지요."

"하지만 천황은 신이 아닙니다. 그건 인간 선언으로 확실하게 못 박혀 있습니다."

"그래서 더 중요한 겁니다. 신이 아니니까요."

"네?"

"만일 신이라고 인정해 버리면 일왕은, 아, 실례. 천황은 신관들을 아우를 수 없습니다."

그가 신이라고 해 버리면 다른 신을 모시는 것은 말도 안 되는 언어도단이 되어 버린다.

"하지만 천황은 인간 선언을 했지요."

당연히 천황가는 인간이고 그들의 임무는 종교적 행사의 집전이다.

실제로 일본 정부는 천황가가 딱 그 수준으로 머물기를 바라고 있고 말이다.

"그렇다면 여기서 천황의 존재에 대한 새로운 해석이 필요하게 됩니다."

"해석요?"

순간 신동하의 얼굴이 핼쑥해졌다. 그건 전혀 새로운 관점이며 또한 심각한 문제이기 때문이다.

"그건 정치적인 문제가……."

"천황가는 제사를 집전하는 책임자입니다. 그건 종교적 문제이지 정치적 문제가 아니지요."

"그건……."

확실히 애매하다.

종교와 정치는 분리되어야 마땅하니, 이대로라면 천황은 정치적 문제가 아니라 종교적 문제가 되어야 한다.

왜냐하면 천황이 책임지는 영역이 종교적인 부분에 한정될 테니까.

"일본은 공식적으로는 신도가 하나로 묶여 있습니다. 그래서 신사본청이라는 곳이 존재하지요."

"그 미친놈들요?"

신사본청, 과거에 일본이 신사를 강제로 통합했던 시절에 만들어진 곳으로, 신사들을 강제로 묶고 통제하기 위해 세워졌던 대일본신기회를 근간으로 한다.

물론 그들은 그걸 부정하지만 말이다.

"그 미친놈들과는 엮이고 싶지 않은데."

그럴 수밖에 없는 게 그들의 막장성은 널리 알려져 있기 때문이다.

이미 사라진 국가신도를 이은 놈들이 그놈들이고 정상적인 생각을 하는 조직도 아니다.

심지어 큰 문제가 되었던 일본 우생 보호법의 철폐를 끝까지 반대한 조직이 바로 신사본청이었다.

"그래서 제가 이런 작전을 짜는 겁니다."

"작전이라니요?"

"신사본청은 법에 따라 국가 단체도 아닙니다. 하지만 그들의 힘은 막강하지요."

일본의 대부분의 신사들은 그들 아래에 있다.

그들이 국가 단체가 아니라 민간단체임에도 불구하고 그 정도로 힘이 있는 이유는 그들이 기존 권력과 결탁했기 때문이다.

쉽게 말해서 그들 아래로 들어오지 않은 신사의 경우 지역 행사에 아예 초대되지 않는다.

그들이 이단이라고 해 버리면 지역의 의사나 문화와 상관없이 그 지역 정치인들이 철저하게 무시하기 때문이다.

"그리고 그쪽은 수틀리면 이단이라고 해 버리지요. 안 그런가요?"

"끄응, 그건 그래요."

그나마 상당한 규모가 있는 신사들의 경우 그들이 뭐라고 하든 무시할 수 있는 힘이 있지만, 작은 신사의 경우는 아예 생존 자체가 불투명해지기 때문에 어쩔 수 없이 그 아래에 있다.

"아예 일본의 종교 문화를 이해하지 못하는 건 아니신 것 같은데 결국 다시 처음으로 돌아가네요. 왜 무녀와 신관이 중요해지는 건가요? 여전히 그게 이해가 가지 않습니다만."

"만일 그 신사본청 말고 다른 민간단체가 만들어진다면 어떻게 될까요?"

"네?"

노형진의 질문에 신동하가 눈을 껌뻑이며 그를 쳐다보았다. 노형진은 설명하기 위해 입을 열었다.

"신사본청의 경우는 막장으로 운영되는 조직입니다. 말이 민간 조직이지 사실상 극우 세력과 결탁한 국가조직 역할을 하고 있지요."

"그건 알고 있습니다."

"그리고 그놈들은 천황을 철저하게 무시하고 있고요. 안 그런가요?"

"그건…… 그렇습니다."

궁내청과 더불어 꼴통 극우의 표본이자 또한 천황가를 무시하는 가장 대표적인 조직이 바로 신사본청이다.

"여기서 다시 천황의 존재 해석이 등장합니다."

"아우…… 이건 너무 복잡합니다."

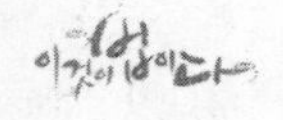

"진짜 복잡할 수밖에 없습니다. 아마 제가 여기서 한 작전 중에서는 역대급으로 복잡할 겁니다. 이미 사라진 천황의 힘을 되살리는 게 편할 줄 아십니까?"

"끄응……."

"도대체 무슨 부탁을 받으셨는지 모르지만 쉽지는 않은 일일 거라는 걸 알고 시작하신 거 아닌가요?"

신동하가 아무리 공격받는다고 하지만 이유도 없이 도와준다고 할 리 없다.

신동하는 노형진과 대룡의 스파이임과 동시에 현재는 천황가의 가장 믿을 만한 심복이다.

아니, 외부와 유일하게 연결되어 있는 사람이다.

그런 그가 천황가의 부탁 없이 일을 할 리 없다.

"뭐…… 다 예상하시니 거짓말은 안 하겠습니다. 저 역시 일본인으로서 천황가에 대한 충성을……."

"그건 제 문제가 아니고요."

노형진은 말을 잘랐다.

그가 충성할 대상은 일왕이 아니다.

다만 적당하게 손잡기 위해 도와주는 것뿐이다.

"가차 없으시네요."

"시간이 없으니까요. 하여간 지금 천황가의 존재 의의를 다시 해석해 봅시다. 신이 아니라 인간이 된 천황가입니다. 하지만 여전히 일본에서는 그들이 제사를 집전하고 있지요."

"그렇지요."

"그러면 그들의 신분은 뭘까요?"

황제라는 이름은 빼고 종교적인 부분에서 본다면 그의 존재는 명확하게 정해지거나 한 적이 없다.

"제가 봐서는 가장 확실한 것은 그들 역시 일종의 신관 또는 무녀라고 볼 수 있지요."

"으음……."

틀린 말은 아니다.

신관과 무녀의 일이 제사 등의 행사의 집전이고 현재 일본 천황가가 하는 일은 그것뿐이니까.

"쉽게 말해서 종교적 관점에서 본다면 그는 그 나라를 대표하는 신관인 겁니다."

"불경하다고 해야 하나요. 이거 참."

물론 이게 처음 있는 일은 아니다.

심지어 일본의 극우 정치인은 천황은 필요 없으며 그는 그저 제사나 지내는 인간이라고 비공식적인 석상에서 씹을 정도였다.

애석하게도 천황은 그걸 알면서도 뭐라 하지 못했다.

"그리고 신관과 무녀에 대한 공식적인 법률적인 제한이나 조건은 없습니다."

"그건 그렇지요."

"그런데 만일 여기서 천황이 그들을 임명한다고 하면 어떨까요?"

신동하는 기겁했다.

"아니, 그게 무슨 말입니까! 그건 말도 안 됩니다!"

"왜요?"

"그건……."

말이 안 되는 이유를 말하려던 신동하는 흠칫했다.

'왜 말이 안 되지?'

안 될 이유가 없다.

천황이 일본에서 종교적으로 대표성을 가지는 존재라는 건 누구도 부정할 수 없다.

현실적으로 노형진이 말한 해석, 그러니까 그 나라의 가장 대표적 신관이라는 것이 가장 맞는 해석이다.

"하지만 법적으로 신관을 임명할 권한은……."

"기독교와 천주교에서 목사와 신부를 임명할 때 법에서 허가받던가요? 불교에서 승적에 올라가기 위해 국가시험이라도 치러야 한다던가요?"

그런 건 없다.

그건 종교적인 문제이고, 현대의 국가는 정치와 종교가 철저하게 분리되어 있다.

당연하게도 종교적 문제를 국가에서 통제하려고 하면 국민들이 들고일어난다.

"일본도 공식적으로 종교의자유를 가지고 있지요."

"그건…… 그러네요."

일본은 공식적으로 종교적 자유를 가지고 있다.

개개인이 무슨 종교를 가지든 그건 개개인의 선택이다.

"다만 천황가는 좀 다릅니다만."

천황가는 공식적으로는 일본의 태양신이자 천황가의 조상으로 언급되는 아마테라스를 모시는 것으로 되어 있다.

"그런데 여기서 재미있는 문제가 생깁니다. 일본은 원래 종교적으로 다신교입니다. 쉽게 말해서 다른 신을 배척하지 않았다는 거죠."

그런데 2차대전 당시에 천황을 띄우기 위해 다른 신에 대한 행사를 금지했었다.

하지만 2차대전이 끝난 후에는 그게 사라졌다.

"하지만 여전히 많은 사람들이 천황을 모시고 있지요. 그리고 일본의 가장 대표적인 신관은 천황가이고요."

노형진의 말을 들으면서 신동하는 점점 소름이 돋는 것을 느꼈다.

지금까지와는 비교도 못 할 만큼 어마어마한 스케일의 사건이 벌어질 거라는 게 어렴풋하게 느껴지기 시작했기 때문이다.

"그리고 천황의 권한에 대해서는 특별히 정해진 게 없습니다. 아까 말씀드렸다시피 그는 신앙의 중심이지요."

"그래서 천황이 공식적으로 신관과 무녀를 고용하게 한다

이건가요?"

"공식적으로는 아닙니다."

그러면 문제가 된다.

"애석하게도 '공식적으로'라는 단어가 붙어 버리면 국사가 되어 버리거든요."

국사, 그러니까 국가의 일.

공식적인 일이란 국가의 일이라는 소리다.

그리고 현행법상 국사에 관한 모든 것은 내각의 조언과 승인이 필요하다.

"하지만 외부에서 천황가를 초청할 수는 있지요."

"초청……."

"그렇습니다. 우리가 그런 종교 단체를 만들고 그들에 관한 신분 증명을 하는 과정에서 천황가를 부르는 겁니다."

그러면 어떻게 될까?

천황가는 일본인들에게 있어서 정신적, 종교적 핵심이다.

"신관과 무녀가 과연 오지 않을까요?"

"……."

신동하는 침을 꿀꺽 삼켰다.

자신이 신관이라면? 그리고 무녀라면? 가지 않을 수가 없다.

"하지만 국사에 관한 건 내각의 허가가……."

"그건 공식적인 것에 대해서지요."

만일 천황가가 와서 개개인을 임명하고 또 개개인에게 임명장을 준다면? 그건 공적인 영역이 된다.

"하지만 법이라는 것은 애매하지요."

임명을 하려면 내각의 허가가 필요하다.

"하지만 임명이 아니라 축하를 한다면요?"

"그건…… 개인적인 영역이 되겠군요."

하지만 신관과 무녀에게 있어서 그건 일종의 공식적인 의견으로 받아들여질 것이다.

"임명이라는 건 그런 겁니다."

임명을 하면 그 임명을 받은 사람 외에는 신관이나 무녀가 될 수 없다.

하지만 임명이 아닌 축하라면 이야기가 달라진다.

그는 천황이 인정한 신관이자 무녀가 될 테지만, 그런 행위를 거치지 않은 사람들이라고 신관이나 무녀를 하지 말라는 법은 없다.

"하지만 그 존재 가치는 높아지지요."

"신사가 자연스럽게 천황에게 다가가겠군요."

"맞습니다."

완전히 개별적으로 분리되어 있던 신사가 천황과 밀접하게 바뀐다.

그렇게 함으로써 그들이 천황의 아래에 뭉치게 한다.

그들을 위해 천황가의 연락처를 주거나 면접권을 주는 것은 오로지 천황가의 선택의 영역이다.

왜냐하면 그건 천황가의 개인적 업무니까.

"그러면 각 지역의 신사는 점차로 천황가의 중계소 같은 게 되는 거지요."

"미친……."

일본의 각 지역에 있는 게 신사다.

오죽하면 지역 행정을 처리하는 곳보다 신사가 더 많은 게 일본의 현실이다.

"그 지역을 관리하는 직원을 두고 그들의 행사에 축하를 보내거나 그들의 의견을 듣는 것은 정치가 아닙니다."

왜냐? 신사는 종교 시설이니까.

"그리고 반대도 가능하지요."

정치적 부분이 아닌 한 천황이 종교적인 문제에 대해 말하는 것에 내각은 간섭할 수 없다.

"예를 들어 보죠. 현재 일본 정부에서 가장 공을 들이는 것은 평화 헌법의 수정입니다."

일본을 전쟁 가능 국가로 만드는 것이 일본 정부의 목적이다.

"하지만 천황은 종교적 입장에서 인간의 생명은 존중되어야 한다는 의미의 말을 할 수가 있지요."

그건 정치가 아니다.

그건 종교에서 가장 많이 하는 말이며, 종교를 이상하게 해석하는 극단주의론자들이 아니고서야 다 인정하는 말이다.

사람들이 테러의 배후라고 말하는 이슬람교 역시 종교 내부에서는 사람의 목숨의 중함을 설명하고 있으니까.

"그건 종교적인 발언이지만 동시에 전쟁 반대의 발언이 될 수도 있지요."

그 말을 들으면서 신동하는 손이 덜덜 떨렸다.

노형진의 말이 맞는다면 천황은 직접적으로 국민들과 소통할 수 있게 되며, 또한 국민들에게 직접적으로 자신의 말을 전할 수 있는 일종의 관변 단체를 가지게 된다.

뒤에서 존재하는 게 아니라 제대로 전면에 자리 잡을 수 있게 되는 것이다.

"전 세계에서 가장 강한 권력 중 하나가 종교입니다."

노형진은 웃으며 말했지만 신동하는 정신이 아득해졌다.

일본을 뒤흔들고도 남을 계획이니까.

"그냥 행사 하나로 그렇게 된다고요?"

"물론 일본 정부에서 가만히 있지는 않을 겁니다."

가만히 두고 볼 일본 정부가 아니다.

그들은 어떻게 해서든 방해를 하려고 할 것이다.

"그리고 그렇게 스스로 함정에 빠지게 될 겁니다."

"설마 다른 작전이 또 있는 겁니까?"

"물론 있지요."

"어떻게요?"

"그건 아직 비밀입니다."

노형진은 웃으며 말했다.

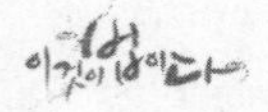

"그들이 어떻게 움직이냐에 따라 달라질 테니까요."

요히토는 침을 꿀꺽 삼켰다.

신동하가 가지고 온 계획.

지금까지 철저하게 고립되어 있던 천황가가 전면에 나갈 수 있는 계획.

"이 계획의 핵심은 우리가 다른 종교를 인정하는 데 있군."

"그렇습니다."

현재 일본 천황가는 전통의 신인 아마테라스를 모신다.

"하지만 다른 신을 인정하는 것은 다르지요."

"어째서?"

"일본은 헌법상 종교의자유가 있습니다."

그래서 노형진이 짠 작전의 핵심이 임명이 아니라 축하였다.

"임명이라고 하면 공식적인 문제도 있습니다만, 다른 신이 아마테라스 아래에 있는 느낌을 줄 수밖에 없습니다."

"그건 그렇지."

"하지만 축하는 아니지요."

축하한다고 하면 그들은 평등하다.

가령 불교에서 기독교의 크리스마스를 축하한다고 해서 불교가 기독교 아래에 있는 건 아니다.

"하지만 신관과 무녀는 일본인입니다."

종교적으로 같을 수는 없겠지만 천황이 그들을 대표한다는 건 바뀌지 않는다.

"실질적으로 휘하에 들어가는 효과가 발생한다는군요."

"그러겠지."

그냥 축하로 끝나는 게 아니다.

그들에게 천황가와 연락을 할 수 있는 연락처 하나만 만들어 주는 것만으로도 그들은 천황과 독대할 수 있는 어마어마한 혜택을 가지는 셈이다.

"다른 일본 국민들이 봤을 때는 천황가에서 인정한 신관과 무녀인 셈이지요."

그곳으로 사람이 몰리는 건 당연한 일이다.

"생각을 해 보십시오. 그러한 신사를 통해 여러 가지 말을 계속 전할 수가 있습니다."

방송에서는 철저하게 내각의 허락을 받은 말만 전한다.

하지만 신사는 종교적인 이야기를 하니까 자연스럽게 천황의 말을 전할 수 있게 된다.

"물론 종교적인 축하 정도겠지만요."

하지만 그 파급력은 어마어마하다.

가령 개인적으로 교황의 새해 인사를 전해 주는 성당과 그렇지 않은 성당이 있다고 한다면 사람들이 어디서 새해를 맞이하고 싶을까?

"자연스럽게 종교적 대표가 된다라……."

그리고 종교적 힘으로 국가의 힘을 견제한다.

하긴 생각해 보면 국가의 힘을 견제한 건 언제나 종교였다.

카노사의굴욕이 괜히 벌어진 일이 아니다.

종교와 세속 권력의 충돌이다.

그만큼 종교적 힘은 강하다.

"계획은 좋아. 하지만 그런 단체는 없지 않나? 이런 말 하면 그렇지만…… 모든 신사는 다 신사본청 소속이야."

물론 그들과 관련이 없는 대형 신사들도 있지만 그들에게 있어서 천황가와의 끈은 그다지 필요 없는 힘이다.

어차피 천황가와 연이 없어도 사람은 넘치니까.

"그래서 노형진 변호사가 AV 이야기를 한 겁니다."

"응? 그게 무슨 소리인가?"

"신사를 뭉치도록 할 핑계가 필요했으니까요."

뜬금없이 신사들을 찾아가서 '뭉칩시다!'라고 한다고 해서 그들이 뭉쳐서 천황을 초대하거나 할까? 그럴 리 없다.

"하지만 천황가에서 그들의 가려운 부분을 긁어 주고 그걸 핑계로 조직을 만들면 상황이 달라지지요."

"그게 무녀와 AV다?"

"네."

"이해가 안 가는구먼."

"천황가는 신관이자 무녀입니다."

농담이 아니다.

천황가의 가장 큰 책임은 제사의 집전이며 천황가의 여성은 무녀로서 그를 도울 책임이 있다.

그랬기에 노형진이 그들을 일본 대표 신관이자 무녀라고 한 것이고.

"만일 종교의 대표로서 천황가에서 그러한 무녀의 성적 대상화에 반대 의견을 표하면 어떻게 될까요?"

그런다고 해서 AV 회사가 천황가를 고소하거나 할 수는 없다. 아마 그랬다가는 정부에서 때려잡으려고 눈이 벌게질 것이다.

"하지만 그걸로 신관과 무녀의 불만을 자극할 수 있나?"

"그렇습니다."

아무리 여고생의 아르바이트로 전락한 무녀라고 하지만 신사에서 그들의 성적 대상화를 좋아할 리 없다.

하물며 신관은 대부분 직업적인 경우가 많다.

누군가는 신사를 관리해야 하기 때문이다.

"무슨 소리인지 알겠네."

그러한 불만이 있다면, 조금만 자극해도 그들은 뭉쳐서 자신들의 이미지를 지키려고 할 게 뻔하다.

그게 AV 업체에 먹히든 안 먹히든 상관없다.

"어차피 처음부터 다 참가할 리 없습니다."

일부만 참가하면 된다.

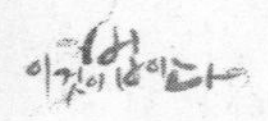

그리고 그게 씨앗이 되어서 다른 자들이 모이게 할 것이다.

"그리고 내각이라고 해도 이 불만에 뭐라고 할 수는 없지요."

충분히 근거가 되는 사항이니까.

"아마 그들은 무슨 일이 벌어지는지도 모르고 당할 겁니다."

요히토는 고개를 끄덕거렸다.

"자네만 믿네, 신동하."

"전하, 걱정하지 마십시오. 저는 언제나 전하의 편입니다."

신동하는 요히토의 손을 꽉 잡았다.

⚖

얼마 후 천황가는 생각지도 못한 발표를 했다.

내용 자체는 문제없는 것이었기에 내각도 그 발표를 공중파에 내보내는 것을 쉽게 허락했다.

—신관과 무녀는 신과 인간을 이어 주는 소중한 존재입니다. 저와 저의 아버지, 그리고 어머니와 여동생을 비롯한 천황가의 모든 일족이 신을 모시고 신의 말씀을 따르며 신과 함께하는 무녀이자 신관입니다. 그렇기에 세속에서 이러한 신성함을 무시하고 한낱 성적 대상으로 비하하고 신관과 무녀가 마치 성적 목적으로 만나는 것처럼 표현하는 것에 대해, 신의 첫 번째 신도이자 제사장으로서 천황가에서는 우려를 표명하지 않을 수 없습니다. 천황가가 세속의 일에 신경

을 쓰지 않는 것이 보통이라고 하나 이는 신과 인간의 통로에 대한 모욕입니다. 전국에 있는 수많은 신관과 무녀가 이로 인해 영적으로 모욕당하고 있습니다. 이러한 성적 대상화는 일본인의 전통과 영혼을 더럽히는 행위입니다. 그러니 이에 대한 모든 행동을 멈춰 주시기를 간곡히 바랍니다.

뜬금없는 날벼락에 AV 업계는 당황했지만 불만을 토로하지는 못했다.

어찌 되었건 좋게 보일 수 없는 업계임은 틀림없고 그러한 콘셉트의 AV는 그리 많은 것도 아니니까.

쉽게 말해서 더러워서 안 찍는다는 느낌이 강했다.

하지만 그러한 천황가의 반응은 그동안 그런 AV 업계의 행동에 불편함을 가지고 있던 수많은 신사들, 특히나 작은 신사들을 한데 뭉치게 만들었다.

"이번에 천황 폐하가 한 발표에 대해 미하루 너는 어떻게 생각해?"

반 친구의 말에 미하루는 눈을 찌푸렸다.

"완전 공감."

"그래?"

"말도 마. 행사 때마다 미친놈들 때문에 죽겠어."

미하루의 집은 신사를 한다.

물론 그녀가 전문 무녀는 아니다.

하지만 미하루의 아버지가 신관이었다.

일본에는 신관이 결혼을 하지 말라는 법이 없기에 대부분의 경우 신관은 결혼을 하고 그 가족이 신사에 살면서 관리한다.

그렇기에 그런 집안의 여성들은 행사에서 무녀 역할을 한다. 그래서 그녀도, 그녀의 어머니도, 그녀의 동생도 무녀로서 활동하고 있었다.

"진짜 행사에 멀쩡한 사람도 많지만 눈이 벌게져서 카메라부터 들이미는 놈들이 얼마나 많은데."

"하긴 나도 이해한다. 작년에 너희 집에서 아르바이트하는데 무슨 미친놈이 그렇게 많던지."

손을 잡아 달라고 하는 놈들은 양반이다.

그냥 호기심에 찍는 사진? 이해한다.

"우리가 무슨 코스프레를 하는 것도 아니고."

이상한 몇몇은 이상한 자세를 요구하기도 했다.

물론 단호하게 거절하기는 했지만 그런다고 해서 나빠진 기분이 다시 좋아지는 것도 아니었고, 또 그런 미친놈들이 한둘도 아니었다.

"알바라고 하니까 하기는 하는데……."

아무래도 무녀라는 직업 자체가 외부에 보여 주는 단발적 행사인 데다가 또 신성한 느낌이 필요하기 때문에 외모가 뛰어난 아이들을 쓰는 경우가 많았다.

"도대체 얼굴에 침 뱉어 달라는 놈은 왜 있는 거야?"

"으엑! 그런 놈도 있었어?"

"미치겠다니까."

"어째 난 내년에 무녀 알바 할 자신이 없어진다."

"안 돼! 아빠가 너 내년 신년 행사에 꼭 데리고 오라고 했단 말이야!"

"으으으…… 미친놈들 싫은데……."

"하루! 아니, 이틀! 아니, 사흘만……!"

"사흘 행사잖아!"

"제발."

"빙수 사 주면 고민해 보지."

"우우우."

툴툴거린 대가로 어쩔 수 없이 주머니를 탈탈 털린 미하루는 구시렁거리면서 자신의 집인 신사로 왔다.

그리고 그곳에서 미하루는 고민하는 아버지를 볼 수 있었다.

"무슨 일이에요, 아빠? 그렇게 고민하면 얼마 남지 않은 머리도 빠진다고요."

"미하루! 넌 아비 가슴에 그렇게 못질을 해야겠니?"

"못질당하고 있는 건 아빠가 아니라 오빠겠지. 오빠가 요즘 탈모 때문에 얼마나 고민하는지 알아요?"

"뭐?"

"아빠처럼 아무것도 모르는 애 꼬셔서 머리털 더 빠지기 전에 장가가야겠다고 하던데요."
"난 그런 적 없다!"
"엄마 말은 다르던데?"
"이것들이 정말!"
부녀의 말에 엄마는 피식 웃었다.
"별거 아니잖아요. 뭐, 나쁜 일도 아니고."
"그건 그런데."
"뭔데요?"
"아니, 이번에 천황 폐하가 발표한 거 말이다."
"아, 그 무녀에 관한 표현 문제요?"
"그래. 그런데 몇몇이 뭉쳐서 요식행위로나마 일종의 신분증을 만들자고 하더구나."
"신분증요?"
"뭐, 자격증이라고 해야 하나? 크게 뭐가 있는 건 아니고."
아무리 아르바이트라고 하지만 그래도 최소한의 자격이라도 있어야 하는 거 아니냐는 말이 나온 것이다.
물론 틀린 말은 아니다.
사실 그런 게 무슨 의미가 있는 것도 아니고.
다만 그런 걸 발급함으로써 그렇게 코스프레하고 찍는 영상과 현실이 다르다는 걸 밝히겠다는 일종의 요식행위를 하자는 것이다.
"딱히 돈이 드는 것도 아니고."

아버지는 머리를 긁적거렸다.

"아, 빠진다."

"미하루!"

"헤헤헤. 그런데 그런 게 도움이 될까요? 뭐, 돈 달라고 하는 거 아니에요?"

"그건 아니야. 그냥 참가만 해 달라고 하더구나."

"어딘데요?"

"일본신도회."

"처음 듣는데?"

"새로 만든 조직이라고 하더구나. 딱히 뭐가 있는 건 아니고."

아버지의 말에 미하루는 별 의심 없이 말했다.

"뭐, 그런 거면 상관없지 않아요? 아빠도 알잖아요, 매년 한두 번도 아니고?"

"그건 그렇지."

"나야 그렇다고 하지만 엄마한테까지 찝쩍거리는 놈도 있어요. 뭐, 유부녀 속성이라나?"

"넌 또 뭔 말을 그렇게 하니? 아니, 도대체 그런 말은 어디서 배운 거야?"

아버지는 머리를 절레절레 흔들었다.

"하긴 요식행위라곤 해도 그런 데 참가하는 게 나쁘지는 않겠지."

일본에서 처세술의 최고는 적을 만들지 않는 거다.

나쁜 것도 아니고 좋은 일 하자는데, 거기에다 돈을 달라는 것도 아니니 참가하는 것도 나쁘지 않아 보였다.

"참가한다고 하마."

"많이 참가하려나?"

"그렇지는 않을 거다. 우리처럼 작은 신사나 참가하지, 큰 데서 오겠니. 서로 단합한다 생각하면 된다."

"그렇구나. 다녀오세요."

"'다녀오세요.'는 무슨. 너도 가야지."

"에?"

"신관과 무녀라잖아. 너도 받아야지. 다음 주 주말이란다."

"아아아!"

황금 같은 주말이 날아갔다고 미하루는 툴툴거릴 수밖에 없었다.

신의 이름으로

주말, 신동하는 행사장을 보면서 침을 꿀꺽 삼켰다.

노형진의 조언대로 일단은 지역별로 공략하기로 했다.

전국적으로 모아 봐야 서로 움직이기 힘들고 참가자만 줄어들 거라는 말 때문이었다.

'그래도 제법 왔네.'

물론 큰 신사들은 거의 참가하지 않았다.

하지만 작은 신사들은 제법 참가했다.

사실 그러한 요식행위도 요식행위지만 일종의 친목 모임으로 생각하고 온 사람들이 많았다.

"어때요? 준비는 끝났습니까?"

어느 정도 일이 진행된 후에 다시 한국에서 일본으로 들어

온 노형진은 주변을 보며 말했다.

"네, 제법 왔습니다. 그래 봤자 한 백 명이지만요."

말이 백 명이지 온 사람들은 대부분 가족 단위 신사를 운영하는 자들이었다.

그러니 적게는 세 명, 많게는 다섯 명까지 왔으니 참가한 신사의 숫자는 많은 게 아니었다.

"처음이니까요. 하지만 차라리 잘된 겁니다. 너무 큰 행사가 되면 천황가의 의지가 약해 보이니까요."

"네? 그게 무슨 말씀이지요?"

"큰 행사라면 천황가에서 어쩔 수 없이 참가했다고 볼 수도 있습니다. 외부의 눈이 있으니까요. 하지만 이렇게 작은 행사에 참가한다는 건, 천황가에서 그만큼 이 문제를 크게 생각한다는 의미가 되거든요."

"아아, 무슨 말인지 알겠습니다."

고작 이 정도 행사에 천황가가 참가한다는 것. 그건 천황이 이런 행사에 관심을 많이 가지고 있다는 소리이기도 했다.

"그나저나 궁내청이 쉽게 허가를 내줬군요."

노형진은 과거의 궁내청을 생각하고는 피식 웃었다.

"지금의 궁내청은 천황가, 아니 요히토 전하에게 꼼짝도 못 하고 있습니다."

노형진의 함정에 빠져서 힘을 잃어버린 궁내청이다.

불경을 저질렀다는 이유로 수장이 할복자살을 한 후 그들은 섣불리 천황가를 통제하지 못했다.

"요히토 전하가 녹음하는 데에 아주 재미 들리셨나 봅니다."

"그런 것 같더군요, 후후후후."

정상적인 행동을 막기 위해서는 궁내청이 언성을 높여야 한다.

그런데 그건 불경한 행위이며, 녹음이 된다.

그 녹음을 막기 위해서는 힘으로 빼앗아야 하는데, 천황가와 몸싸움하면서 그걸 빼앗는다? 그것도 불경이다.

그렇다고 무조건 안 된다고 한다?

이유라도 댈 수 있다면 모르는데, 이유도 안 댄다면?

그것도 불경이다. 궁내청은 천황가를 보필하는 곳이지 지배하는 곳이 아니니까.

"아예 누구와 만날 때마다 녹음기를 대놓고 꺼내신다고 하더군요."

그러한 극단적 변화를 만들어 낸 방법은 별거 없다.

그냥 상시 녹음을 할 뿐이었다.

꼰대였던 궁내청의 사람들에게 그 녹음기는 공포 그 자체였다.

아차 싶으면 불경으로 집안이 날아갈 판국이니까.

"처음에는 반대했는데, 요히토 전하가 녹음기를 꺼내고 '그러면 당신들은 천황가같이 신을 모시는 자들을 성적 대상화하는 데에 찬성하는 거냐?'라고 물으니까 찍소리도 못 했답니다.”

“그럴 수는 없을 테니까요.”

노형진은 피식 웃었다.

“아직도 19세기에 사는 인간들에게 21세기는 무섭지요, 후후후.”

“그러니까 말입니다.”

신동하는 그렇게 말하다가 시계를 힐끔 보았다.

“드디어 시작하네요. 들어가시죠.”

“그러지요. 이제 시작인데 늦을 수는 없지요.”

노형진과 신동하는 행사장 안으로 들어갔다.

시작할 때는 그들이 있어야 하니까.

'지루해.'

미하루는 하품을 참으며 주변을 둘러봤다.

신관으로 보이는 사람들이 스물다섯 명 정도, 무녀로 보이는 사람들이 일흔다섯 명 정도였다.

'이구구, 다들 질렸나 보네.'

농담이 아니다.

신관들은 나이가 지긋한 사람들이라 뭐라고 떠드는 정치인의 말에 집중하고 있었지만 미하루 또래로 보이는 무녀들의 얼굴에는 지겨움이 가득했다.

하긴 날 좋은 주말에 무녀복을 입고 이런 행사를 하고 있다는 것 자체가 지겨운 일이니까.

'그렇다고 알바비를 주는 것도 아니고 말이지. 아니, 그건 평소도 마찬가지잖아? 아, 난 왜 하필 신관 집안에서 태어난 걸까.'

애써 딴생각을 하면서 시간을 때우는 미하루.

'빨리 집에 갔으면 좋겠다.'

오로지 그 생각을 하는 사이에 드디어 정치인이 무대에서 내려가고 사회자가 다음 말을 하기 위해 무대로 다시 올라왔다.

'아, 거의 끝나 간다.'

식순은 이미 알고 있기 때문에 한 시간만 참으면 된다고, 그녀는 생각했다.

하지만 다음 순간 무대로 다급하게 올라온 한 남자가 뭐라고 하자 새파래지는 사회자를 보면서 길게 한숨을 쉬었다.

'또야?'

저런 경우 또 정치인이 와서 몇 마디 한다는 걸 경험상 알고 있는 미하루는 연거푸 긴 한숨을 쉴 수밖에 없었다.

아니나 다를까, 다시 입을 연 사회자의 입에서 누군가 온다는 말이 나왔다.

미하루는 눈을 찌푸리려고 했다.

하지만 곧 그대로 얼어붙을 수밖에 없었다.

그건 미하루뿐만 아니라 행사장 내의 모든 사람들이 마찬가지였다.

"아…… 어…… 그러니까…… 어……."

사회자는 어쩔 줄 몰라 하면서 더듬거리다가 힘겹게 입을 열었다.

"이번 행사를 축하하고 정식 신관과 무녀의 길로 들어선 분들을 위해 천황 폐하가 축하의 편지를 보내 주셨습니다."

"뭐라고?"

"천황 폐하?"

"폐하가?"

사람들은 말 그대로 멘붕이었다.

무슨 초대형 행사도 아니고 그냥 동네 행사일 뿐이다.

국회의원은커녕 시의원밖에 오지 않은 작은 행사에 갑작스럽게 등장한 천황의 축하 서신은 사람들의 멘탈을 나가게 하기 충분했다.

하지만 그들의 마지막 멘탈을 붕괴시키는 일은 지금부터였다.

"천황 폐하의 서신을 요히토 황태자 전하께서…… 지…… 직접 읽어 드리도록 하겠습니다."

"뭐라고?"

"요히토 전하가?"

"장난 아냐?"

“장난이지?”

“이런 장난 너무하잖아!”

너무나 믿을 수 없는 일이기에 다들 장난으로 받아들였다.

하지만 무대로 올라오는 요히토를 보면서 그들은 침을 꼴깍 삼킬 수밖에 없었다.

장난이 아니었다.

방송에서 몇 번 본 요히토 황태자였다.

‘이게 무슨…….’

‘말도 안 돼.’

편하게 있던 사람들은 그대로 얼어붙었다.

“친애하는 신관과 무녀 여러분, 저는 천황 폐하의 명에 따라 여러분들을 축하하기 위해 여기에 왔습니다.”

요히토의 말. 그리고 이어진 천황의 서신 낭독.

그건 여기에 있는 모든 사람들의 멘탈을 나가게 하기 충분했다.

“어…… 그러니까 이제는 임명장을……. 에? 진짜요?”

다음은 임명장을 주는 순서였다.

그리고 그건 원래 지역 시의원이 주는 걸로 되어 있었다.

사실 딱히 의미가 없는 일이기는 했다.

뭐가 바뀌는 게 아니니까.

하지만 상황은 달라졌다.

“어…… 그러니까, 임명장의 수여는 요히토 전하께서 지……

직접 하시겠습니다."

사회자의 목소리는 격하게 떨리고 있었다.

물론 시의원은 찍소리도 못 했다.

원래 자기 일이라고 하기에는, 상대방이 가진 무게감이 너무 컸다.

더군다나 천황이 단체 축하도 아니고 개개인에게 축하의 편지를 써서 보냈고 그걸 임명장과 함께 주고 싶다는데, 시의원 따위가 막을 수는 없었다.

"첫 번째…… 순서는…… 미하루!"

"네? 저요? 왜죠?"

'왜?'라고 묻던 미하루는 얼어붙었다.

무대에서 웃고 있는 사람과 눈이 마주쳤기 때문이다.

요히토. 현 황태자이자 차기 천황.

"미…… 미하루 양? 좀 나와 주시겠습니까?"

사회자는 거의 읍소하는 듯한 목소리로 애처롭게 말했다.

하긴 너무나 갑작스러웠고 상대방이 너무 부담스러운 사람이었으니까.

"네…… 네……."

미하루는 뻣뻣하게 걸어 무대로 올라갔다.

손발이 어떻게 움직이는지, 그리고 어떻게 갔는지도 기억이 나지 않았다.

"미하루, 정식 무녀가 된 것을 축하한다. 신과 일본 국민들의 정신을 위해 노력해 주렴."

"가…… 감사합니다."

미하루는 멘탈이 반쯤 나간 채 임명장과 축하 편지를 받았다. 손이 벌벌 떨리고, 자신이 뭘 하는지도 모를 지경이었다.

그런데 돌발 상황은 그때 터졌다.

"미하루, 핸드폰 있니?"

"네? 핸드폰요?"

"그래, 핸드폰."

"당연히 있지요. 아니, 있습니다."

"그래? 사진 찍을래?"

"사진요?"

"셀카라고 하던가? 핸드폰을 주겠니?"

미하루는 안 된다고 말할 수가 없었다.

그녀는 반쯤 정신이 나가서 핸드폰을 건넸다.

그러자 요히토는 그걸 받아서 미하루와 함께 웃으며 '찰칵' 소리가 나게 사진을 찍었다.

"여기 있다. 네게 소중한 추억이 되었으면 좋겠구나."

"가…… 감사합니다."

핸드폰을 받아 든 그녀는 뻣뻣하게 그곳에서 내려오기 시작했다.

너무 긴장해서 손과 발이 같이 나가는 것도 느끼지 못할 정도였다.

그리고 그렇게 힘겹게 돌아와 자리에 풀썩 주저앉았다.

그녀의 손과 발은 벌벌 떨리고 있었다.

⚖

"셀카라니. 이건 생각도 못 한 홍보 전략인데요?"

다른 사람도 아닌 요히토가 사람들과 계속 셀카를 찍는 걸 보고 신동하는 혀를 내둘렀다.

"이게 공중파에 나갈 가능성은 낮으니까요."

내각에서는 그걸 별로 반가워하지 않을 가능성이 크다.

"하지만 셀카로 이슈화되면 이야기는 다르지요."

미하루를 포함한 젊은 세대는 셀카에 익숙하다.

당연하게도 이러한 일이 있으면 SNS를 통해 올릴 게 뻔하니 그건 무서운 속도로 퍼질 것이다.

"나이 먹은 세대는 단체 사진 하나로 만족할지 모르지만 젊은 세대는 아니죠."

사실 첫 번째가 미하루였던 것은 우연이 아니다.

이미 노형진은 간단한 조사를 통해 SNS를 가장 활발하게 하고 팔로워가 많은 사람을 골랐는데, 그게 미하루였다.

여고생인 동시에 무녀이며 상당한 미모의 소유자인 덕에 그녀는 지역 잡지에서 모델도 했을 정도로 나름 유명세를 가지고 있는 아이였으니까.

"아마 무서울 정도로 퍼지기 시작할 겁니다."

그리고 그게 노형진의 가장 큰 홍보 전략이다.

"그런데 왜 요히토 전하가 직접 찍게 한 겁니까?"

"뭐든 다른 사람이 요청하면 불경해 보일 테니까요."

"네?"

"생각해 보세요. 누가 요히토 전하에게 사진을 찍어 달라고 하겠습니까?"

아무리 정신이 나갔다지만 천황가에 셀카를 찍자고 하는 것은 불경하게 보일 수 있다.

그렇다고 외부에서 사진을 찍어서 그걸 SNS에 올리자니, 그것도 불경하게 보일 수 있다.

그렇게 찍은 사진은 프린트되어서 지급될 거니까.

"하지만 저런 셀카는 다르지요."

SNS에 올리기 최적의 형태. 사람들의 머릿속에는 '셀카=SNS'라는 개념이 잡혀 있다.

더군다나 자신이 찍자고 한 것도 아니고 요히토가 직접 찍자고 한 것이다.

"SNS는 사람들과의 소통이 핵심이지요. 하지만 반대로 말하면 관심을 받고 싶어 하는 부분도 있습니다."

백 명의 사람들, 그들 중에서 과연 저 사진을 SNS에 올리는 사람이 전혀 없을까?

"단 한 명만 올려도 시작되지요."

한 사람이 올리면 다른 사람들도 하나둘 올릴 테니 무섭게 사진이 퍼지기 시작할 것이다.

"그리고 그 자체가 일본신도회의 어마어마한 홍보 효과를 가지고 올 겁니다."

천황가가 개인적으로 관심을 가지는, 아니 지지하는 단체, 일본신도회.

그에 대한 소문이 퍼지는 건 순식간일 것이다.

"바로 그때가 우리의 계획이 제대로 시작되는 시점이지요."

⚖

아니나 다를까, SNS상에서는 일본신도회에 대해 무서울 정도로 소문이 나기 시작했다.

그러자 인터넷에서도 소문이 나기 시작했고, 자연스럽게 방송까지 퍼졌다.

그리고 얼마 지나지 않아서 일본의 전역에서 무녀와 신관에 대한 일본신도회의 신분증 행사가 이루어졌다.

"아주 대호황입니다. 어지간한 곳에서는 다 이루어지고 있네요."

"그럴 수밖에 없지요. 단순히 자기네 행사가 아니라 신분을 증명하는 느낌이 들도록 했으니까요."

물론 행사에 참가하지 않는다고 해서 신관이나 무녀 활동을 하는 데 지장이 있는 것은 아니다.

하지만 천황가에서 축하를 받는 것과 받지 않는 것은 그 느낌이 무척이나 달랐다.

"국민들에게는 천황가의 축하 여부가 무녀와 신관 자격과 관련 있게 느껴질 겁니다."

쉽게 말해서 그 행사에 참가하지 않고 축하의 편지를 받지 않으면 마치 가짜처럼 느껴진다는 것이다.

"일본의 문화는 튀는 걸 극도로 싫어하지요."

행사에 참가만 하면 축하 편지를 받을 수 있는데 가지 않을 이유가 없다.

"더군다나 천황가에서 신을 바꾸라고 하는 것도 아니고요."

천황가에서 하는 이야기는 하나뿐이다.

신과 인간을 이어 주는 다리가 되어 주고, 무녀와 신관으로서 존엄과 존중을 가지고 활동해 달라는 것뿐이다.

신을 바꾸라거나 하는 이야기는 일절 없었다.

"아예 전담 직원이 돌고 있기는 합니다만."

사실 편지라고 해도 친필 편지는 아니다.

다만 천황가의 직인이 찍혀 있을 뿐이다.

아무리 시간이 넘쳐도 천황가가 그 편지를 다 쓸 수는 없다.

하지만 현재 그 편지 자체가 일종의 임명장처럼 통용되고 있다.

"공식적으로는 축하의 편지일 뿐이지만요."

당연하게도 일본인들은 그 편지를 받은 신사로 몰려가기 시작했다.

"거기에다 모든 편지에는 천황가의 전화번호와 주소가 적혀 있으니까요."

물론 진짜 직통전화는 아니다.

그 아래에서 일하는 전담 직원과 연결할 수 있는 전화였다.

"핑계는 좋지요."

일본의 대표 신관이자 무녀로서 도와줄 일이 있다면 도와주겠다는 표현이다.

"물론 거기에 진짜 전화하는 사람은 거의 없겠지만요."

"그나저나 내각에서도 별로 말을 못 하는 게 의외네요."

"같은 종교인들끼리 이야기하겠다는데 그게 무슨 잘못입니까?"

웃기지만 천황가는 종교인이다.

당연히 그들이 다른 종교인들과 이야기하는 것은 종교적 부분이지 정치적 부분이 아니다.

"더군다나 개인적인 축하인데 자기들이 어쩔 건데요?"

농담이 아니다.

그들에게 전해진 편지에는 천황이라는 말 대신 신관이라는 표현이 들어가 있다.

천황으로서 보낸 게 아니라 그들과 같은 신관으로서 보낸 것이다.

"신이 아닌 인간이 된 이상 종교적 자유는 천황가에도 적용이 되니까요."

결국 내각은 막기도 그렇고 안 막기도 그런 애매한 상황이 된 것이다.

"물론 이게 끝은 아닐 테지만요."

"네? 무슨 말씀이십니까?"

신동하는 이 모든 게 끝났다고 생각했다.

그런데 노형진은 이게 끝이 아니라고 한다.

그러니 당황할 수밖에 없다.

이제 제대로 세력을 만들 수 있다고 생각했는데 말이다.

"내각은 세속적인 권력 집단입니다. 법에 의해 천황가를 통제해 왔지요. 그래서 천황가의 방향을 제가 종교로 잡은 거고요."

"그런데요?"

"하지만 일본 정부는 종교적 방식으로 천황가 역시 통제하지 않았습니까?"

"아, 그러네요."

일본의 천황가 통제는 집요하다 못해 지독했다.

권력은 내각이, 일상생활은 궁내청이, 종교적 방식은 신사본청이 통제했다.

"종교적 행사를 할 때 신사본청의 허락이 필요 없는 부분,

즉 법적인 허점을 이용한 것이지만, 조만간 그들은 분명 어떻게 해서든 통제하려고 할 겁니다."

"부정할 수가 없군요. 그들은 꼴통이니까요."

일본 내부에서도 꼴통 소리를 듣는 그들이다.

개인적인 부분이라고 어떻게 해서든 모른 척해 왔지만 신사본청에서 가만둘 리 없다.

그럴 수밖에 없다.

신사본청에서 관리하는 일본 신사의 수는 8만여 개.

초대형 신사와 일부 소형 신사를 제외하고는 전부라고 봐도 무방하다.

그 많은 신사들을, 지금까지 그들은 자신들의 권력을 이용해서 통제해 왔다. 만일 자신들의 말을 안 듣는 신사가 있다면 이단으로 콕 찍어 지역의 모든 행사에서 배제시키는 식으로 말이다.

당연히 그 신사는 말라 죽을 수밖에 없었다.

"하지만 천황가라는 존재가 끼어들면서 상황은 애매해졌지요."

문제가 생겼을 경우 천황가의 전화번호를 가진 신사에서 천황가에 전화 한 통만 하면 된다.

그러면 천황가의 담당자가 지역 담당자에게 전화해서 왜 이단이냐고 물어볼 테니까.

"그런데 일본은 기본적으로 종교의자유가 있는 나라입니다."

그러니까 이단이라는 판단을 하는 것이 불가능하다.

"정확하게 말하면 신사본청은 판단할 수가 있지요. 하지만 그게 정치에 영향을 줄 수는 없습니다."

이단이라는 말은 특정 종교 외의 종교를 믿는 사람들을 비하하는 말이다.

그런데 헌법상 종교의자유가 있다면 불교를 믿든 천주교를 믿든 나는스파게티교를 믿든 그건 그 사람의 자유다.

"즉, 신사본청에서 이단이니까 행사에서 배제해 달라는 요구를 할 수는 있지만, 지역에서 그걸 받아들이는 건 헌법 위반이라는 거지요."

따라서 천황가에서 그에 대해 물어보는 것은 정치적 행위가 될 수 없다.

종교적 질문에 불과하니까.

"그리고 천황가는 한번 돈을 모아서 소송을 대신해 준 적이 있습니다."

만일 천황가가 이걸 문제 삼아서 헌법 소원을 낸다면 그 지역 대표는 목이 날아가는 걸로 끝나지 않을 것이다.

"결국 신사본청은 천황가가 어떻게 해서든 여기서 손 떼도록 만들어야 합니다."

"신사본청이 가만있을 가능성은 없을까요?"

노형진은 피식 웃었다.

"그건 저보다는 신동하 씨가 더 잘 알지 않습니까?"

"끄응……."

안다. 그들이 가만히 있을 가능성은 일본이 2차대전 당시 위안부, 아니 일본군 성 노예를 인정하고 그에 대해 사죄할 가능성보다 낮다는 걸.

"결국 한판 붙을 수밖에 없군요."

"그렇지요."

"그런데 저는 그들을 어떻게 공격할지 전혀 모르겠는데요."

그들은 종교 집단이다.

그리고 종교를 공격할 만한 방법이 신동하에게는 없었다.

"제가 말했지요?"

노형진은 씩 웃었다.

"결국 종교도 권력이라고요."

"그러셨지요."

"그리고 권력은 이권이지요."

노형진은 자신이 있게 말했다.

"권력은 영원하지 않습니다. 그리고 그 이권도 그렇지요, 후후후."

⚖

신사본청. 공식적으로는 민간단체다.

당연히 국가로부터 어떠한 지원도 받지 않아야 한다.

그게 정상이다.

"하지만 사실상 국가 단체로서 활동하지요."

노형진은 신사본청에 대해 작전을 준비하며 말했다.

"그리고 일본 정부는 그걸 막을 생각이 없지요."

대표적인 예가 바로 이름이다.

신사본청. 마지막에 붙은 '청'이라는 단어는 행정기관, 즉 국가 단체를 칭하는 말이다.

한국의 국세청, 경찰청, 검찰청같이 말이다.

그건 일본도 마찬가지다.

"정상적이라면 신사본청이 아니라 신사본사라는 표현이 맞습니다."

하지만 그들은 신사본청이라는 이름을 쓴다.

소속은 민간일지 모르나 사실상 국가 단체로 활동한다는 것이다.

"애초에 눈 가리고 아웅이니까요."

신동하는 안다는 듯 말했다.

그도 안다. 애초에 신사본청 자체가 일제강점기에 종교를 지배하던 세 개의 집단인 황전강구소, 대일본신기회 그리고 신궁봉재회가 합쳐지면서 만들어진 조직이다.

그때나 지금이나 종교 통제라는 목적은 같다.

"그런데 그들을 어떻게 막으실지 저는 잘 모르겠습니다. 제가 아무리 이해하려고 해도 이번 작전은 너무 복잡하네요."

차라리 경제나 정치라면 건드리는 게 쉽다.

하지만 종교라는 것을 건드리는 건 너무나 어렵다.

"제가 할 것은 일단 그들을 이세신궁에서 떨어트리는 겁니다."

"네?"

신동하의 얼굴에서 경련이 일어났다.

이건 생각도 못 한 말이었으니까.

"농담하십니까? 이세신궁은 그들의 총본산입니다."

그들의 정식 사옥은 따로 있다.

하지만 신사본청의 본산은 이세신궁이다.

"그런데 그것도 상당히 초법적인 상황입니다."

이세신궁은 일본의 가장 큰 신사 중 하나이며 일본 토착 종교의 총본산이다.

그리고 신사본청이 관리하게 되어 있다.

"그런데 재미있는 게 뭐냐면, 이세신궁 자체는 국가의 소유로 되어 있다는 겁니다. 엄밀하게 말하면 신사본청의 업무는 그곳을 관리하는 거지요."

"그렇지요."

"그런데 그들은 그걸 자기들의 건물인 것처럼 관리하고 있지요."

"그건……."

"한국으로 치면 이런 겁니다. 경복궁은 국가의 소유입니다. 그리고 그걸 관리하는 걸 외주로 준 거죠."

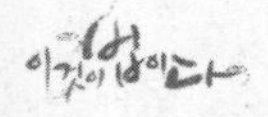

그런데 그 외주를 하는 회사가 경복궁을 자신들의 사옥화 시키고 그곳에서 세력을 불리고 있는 셈이다.

상식적으로는 있을 수 없는 일이다.

"하지만 일어나고 있는 일이지요. 만일 그들이 이세신궁에서 떨어져 나간다면 그 이후 그들의 세력은 급속도로 줄어들 수밖에 없습니다. 그들의 대체제가 생겼으니까요."

"일본신도회 말이군요."

지금까지 신사들을 묶어서 뭔가를 하려고 한 사람은 없었다.

하려고 한다고 해도 신사본청에서 가만두지 않았으니까.

"하지만 일본신도회라는 단체가 생겼습니다. 그들은 무녀와 신관에게 일종의 자격증을 발급하고 있지요."

애석하게도 신사본청에는 그런 걸 발급하는 시스템이 없다.

"그 말은 일본신도회와 신사본청이 정면으로 충돌할 수밖에 없다는 소리입니다."

"으으음……."

"세력이 작으면 모를까, 천황가까지 일본신도회를 축하해주면서 비공식적으로 지지하고 있습니다. 신사본청에서 가만둘 리 없지요."

노형진의 말에 신동하는 인정할 수밖에 없었다.

지금은 친목 성향이 강한 일본신도회이지만 신사본청이 그들이 커지는 걸 그냥 두고 보지는 않을 거라고 말이다.

"그리고 우리의 궁극적인 목적은 일본신도회에서 이세신

궁의 관리 자격을 빼앗아 오는 겁니다."

"그런데 그게 어떻게 될지 모르겠습니다. 신사본청에서 자격을 쉽게 넘겨줄 리 없습니다."

"그렇지요."

노형진은 고개를 끄덕거렸다.

"하지만 그들이 자격을 놓지 않으려 해도 놓을 수밖에 없도록 만드는 것은 전혀 다른 문제입니다."

"어떻게요? 노 변호사님 말씀대로 신사본청은 국가 세력과 유착되어 있습니다. 이세신궁은 국가의 소유이고요. 내각에서 이세신궁의 관리 자격을 우리에게 줄 가능성은 없습니다."

"정상적이라면 그렇지요. 하지만 신사본청이 심각한 결격사유를 가지고 있다면 이야기는 달라집니다."

"심각한 결격사유요?"

"그렇습니다."

노형진은 그렇게 이야기하면서 사진을 꺼냈다.

"이게 뭔지 아십니까?"

"이세신궁 아닙니까?"

일본인이라면 어지간하면 알아볼 수밖에 없는 사진이다.

그럴 수밖에 없다. 교과서에 실려 있는 사진이니까.

직접 가지 않았다고 해도 이 사진은 눈에 익을 수밖에 없다.

"그리고 이 사진은요?"

"이것도 이세신궁인데요."

"이 두 사진의 차이가 뭐라고 생각하십니까?"

"글쎄요, 전 모르겠는데요."

신동하는 고개를 갸웃했다.

사진이 오래되었다는 차이를 빼고는 완전히 똑같은 건물이었으니까.

"확실한 차이가 있습니다. 양쪽 다 같은 이세신궁이지만 이건 새거고 이건 헌거죠."

"네? 아하! 식년천궁!"

식년천궁. 이는 이세신궁만의 특별한 전통이다.

이세신궁은 20년 간격으로 모든 건물을 완벽하게 똑같이 새로 만든다.

그러니까 그 모든 건물이 20년마다 새로이 올라가는 것이다.

물론 같은 자리에 똑같이 올리지는 않는다.

모든 건물은 동쪽과 서쪽 부지가 있는데, 천궁 시기가 되면 건너편으로 옮기는 것이다.

"이게 핵심입니다."

"네?"

"20년마다 모든 건물들이 새로이 올라가는 공사. 거기에 들어가는 예산이 얼마나 될 것 같습니까?"

"아……."

"제가 그랬지요, 종교는 권력이고 권력의 궁극적인 목적은 이권이라고?"

단순히 건물 하나를 올리는 데에도 어마어마한 돈이 들어간다.

더군다나 이세신궁 같은 건물은 콘크리트를 쏟아부어서 만드는 현대의 건물이 아니다.

과거의 방식으로 만드는 전통적인 건물이다.

당연히 들어가는 비용은 어마어마하다.

"이세신궁의 건물이 몇 채였지요?"

그 안에 있는 신사만 해도 백스물다섯 개다.

하나당 10억 엔만 들어간다고 해도 무려 1,250억 엔.

한화로 1조 3천억이 넘는 초대형 공사가 되는 셈이다.

그런데 그 건물 하나에 들어가는 돈이 고작 10억 엔일 리 없다.

이러한 목조 가옥의 경우 중심이 되는 나무 기둥 하나의 가격이 1억 원을 훌쩍 넘기니까.

"이런 경우 뻔하지요."

일단 관리는 신사본청에서 하지만 소유권은 국가에 있으니 국가에서 그 예산을 지원한다.

"보통은 이런 경우에 예산을 뻥튀기해서 어마어마하게 받아 냅니다. 그리고 그걸 모조리 정치인들이 빨아먹지요."

"그건…… 크음……."

"창피하게 생각할 게 아닙니다. 그건 한국도 마찬가지거든요."

토목 일본이라는 말이 있을 만큼 일본은 이런 공사에 매달린다. 그만큼 건설 회사들이 벌이는 로비가 어마어마하다.

어느 정도로 심하냐면 거의 통행이 없는 국도를 옆에 두고 그대로 고속도로가 만들어지는 수준이다.

"그런데 이세신궁같이 큰 공사에 이권이 안 낄까요?"

"그러네요. 권력자라면 그런 기회를 놓칠 리 없지요."

수천억짜리 공사. 그걸 적당히 삥뒤기하면 아마 어마어마하게 횡령할 수 있을 것이다.

"그리고 그 방법은 여러 가지가 있고요."

"하지만 무조건 감사하라고 할 수는 없지 않습니까?"

감사 청구를 한다고 해서 일본 정부에서 신사본청이나 이세신궁의 감사를 진행할 가능성은 그다지 높지 않다.

"그들이 움직일 수밖에 없는 조건을 달아야 하는데요."

"있습니다."

노형진은 그렇게 말하면서 씩 웃었다.

"바로 나무죠."

"나무요?"

"네. 창피하지만 한국에서 이런 일이 있습니다."

"네? 어떤 일이요?"

"문화재에 화재가 난 적이 있지요."

그래서 그 문화재를 복구하기 위해 온 국토를 뒤져서 좋은 나무를 골랐다.

"그런데 그 과정에 인간의 욕심이 들어갔지요."

문화재를 복구하라고 준 질 좋은 나무를 업자가 빼돌려서 외부에 팔아먹은 것이다. 그렇게 빼돌린 나무는 회장님의 별장을 짓는 데 들어갔고 말이다.

그 대신에 문화재에는 동남아에서 수입한 싸구려 목재를 넣었다.

"이세신궁은 20년마다 어마어마한 목재가 들어가니까 거기에 필요한 나무는 따로 키우는 걸로 알고 있습니다."

"그렇다고 하더군요."

"만일 그걸 빼돌렸다면 어떻게 될까요?"

질 좋은 나무를 외부로 빼돌리고 그 자리에 질 낮은 수입산을 쓴다면?

단순히 공사비를 착복하는 것 이상의 어마어마한 수익을 낼 수 있을 것이다.

"그리고 이세신궁은 20년마다 한 번씩 새로 만들게 되어 있습니다."

어지간한 나무라면 20년 정도 버티는 건 어려운 일이 아니다. 제대로 처리한다면 질이 나쁜 나무라고 해도 40년 정도는 버틴다.

"걸릴 가능성이 낮군요."

어차피 20년 후면 무너트리고 새로 올릴 건물이니까.

하물며 그걸 빼돌린 주체가 그걸 관리하는 자들이라고 한다면…….

"그러니까 그걸 증거로 들이밀면 됩니다. 건물이 돌아갈 수는 없으니까요."

"하지만 나무가 그냥 나무지……."

"아니요. 다릅니다."

인간과 마찬가지로 나무에는 유전자가 있다.

그리고 그러한 유전자는 유전자 검사를 통해 어디에서 자란 어떤 품종인지 알아낼 수 있다.

"작은 나뭇조각 하나 구하는 건 어려운 일이 아니지요."

노형진은 씩 웃으며 말했다.

"과연 천황 폐하가 이걸 알면 무슨 생각을 할지 궁금하네요, 후후후."

신동하는 사람을 통해 몰래 이세신궁의 나무를 채취했다.

그건 어려운 일이 아니었다.

살짝만 긁어내도 충분한 시료가 나왔으니까.

거의 흠집도 나지 않아서, 신궁의 사람들은 그 흔적을 알아볼 수조차 없었다.

그리고 그 결과가 나오자 신동하는 자료를 가지고 천황가로 향했다.

"동남아산의 저질 나무라고?"

"저질이라고 표현할 수는 없지만…… 일단 일본산 나무는 아니었습니다."

노형진의 예상대로였다. 상당수가 일본 자국산이 아니라 동남아에서 자란 저가의 나무였던 것이다.

"이…… 이런 말도 안 되는……."

요히토는 손을 부들부들 떨었다.

그럴 수밖에 없다.

이세신궁은 아마테라스를 받드는 종교 시설이다.

쉽게 말해서 이세신궁은 천황가의 조상신을 받드는 곳이라는 거다. 그런데 천황가를 속이고 저질 나무를 썼다고 하니 기가 막힐 수밖에.

"물론 20년은 충분히 버틸 수 있습니다."

동남아 지역에서 빠르게 자라는 나무들은 성장 속도가 어마어마하다. 그래서인지 아무래도 일본이나 북반구에서 자라는 나무들에 비해 조직이 치밀하지 않은 부분이 있다.

그렇다고 하더라도 20년은 버틸 수 있다.

20년 정도만 버틸 수 있다는 게 정확한 말이겠지만.

"누가 나무에 대한 유전자 검사를 하려고 하지는 않을 테니까요."

신동하는 말을 하면서도 입안이 씁쓸했다.

나무에 대한 유전자 검사를 하겠다는 노형진의 말이 조금

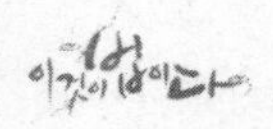

당황스러웠지만 정작 해 놓고 보니 상황이 기가 막혔다.

"이게 어떻게 된 건가? 그러면 그 나무들은?"

이세신궁에 쓰인 나무는 어마어마하다.

그것도 대충 쓰인 게 아니라 단단하고 곧은 나무를 만들기 위해 전문가의 각고의 노력이 들어간 것이다. 쉽게 말해서 건설자재용으로 각광받는 아주 비싼 나무라는 소리다.

"요즘 부자들이 별장 하나씩은 다 가지고 있지요."

"그…… 그런……."

"생각해 보면 당연한 일입니다."

신사본청은 국가 단체가 아니라 종교 법인이다.

그리고 현행법상 국가의 지원을 받지 못한다.

"아무리 이세신궁을 관리한다고 하지만 그 정도로 충분한 돈이 나오지는 않지요."

물론 그 아래에 속한 8만 개의 신사들이 있기는 하다.

하지만 그 신사들이 내는 회비는 신사본청의 씀씀이와 비교하면 너무나 작다.

"어마어마한 씀씀이를 자랑하는 신사본청입니다. 그런데 신사의 회비와 얼마 안 되는 기부금으로 그 씀씀이를 유지할 수는 없겠지요."

신동하 역시 처음에는 몰랐지만 생각해 보니 이상한 게 많다는 걸 알 수 있었다.

"조직이 힘을 가지기 위해서는 돈이 필수이니까요."

돈이 없는 조직은 와해될 수밖에 없다.

하지만 신사본청은 단 한 번도 돈 때문에 고생한 적이 없다.

"그 부분에 대해 의심했어야 합니다."

"이놈들을……."

요히토는 그들을 용납할 수가 없었다.

그의 조상을 모시는 신사다. 그런데 그곳을 다 가짜로 메꿨다고 생각하니 피가 거꾸로 솟는 기분이었다.

"당장 이놈들을 족쳐야 해!"

"안 됩니다, 전하. 그럴 수는 없습니다."

"어째서! 그놈들은 우리 천황가를 무시했어!"

"압니다. 하지만 그건 정치의 영역이 되어 버립니다."

"뭐?"

"당장 하실 수 있는 게 뭡니까? 천황가에서 내각을 불러와서 불만을 표출할 수는 있겠지요. 그러면 내각에서 어떻게 하겠습니까?"

요히토는 아무런 말도 못 했다. 과연 내각에서 뭐라고 할까? '알아보겠습니다.'라고 말하고 끝일 것이다.

"그 나무를 빼돌려서 별장을 지을 놈들이 누구인지 생각해 보십시오."

"크윽."

어쭙잖은 돈 좀 있는 사람들이 이세신궁에 들어갈 원목을 빼돌려서 파는 건 불가능하다.

최소한 신사본청과 어느 정도 선이 닿아 있는 사람들이어야 한다. 가령 국회의원이나 정치인 같은 놈들 말이다.

"크윽……."

"한 번에 날려 버리고 싶지만 그럴 수는 없습니다. 현 상황에서는 싸움의 규모를 줄이고 신사본청만 노려야 합니다."

"어떻게 말인가?"

"당연히 공사를 한 사람들을 족쳐야지요."

"공사를 한 사람들?"

"그렇습니다."

이세신궁을 다시 지은 지 얼마 되지 않았다.

그러니 모든 자료가 그대로 남아 있다.

"이 유전자 검사 결과를 가지고 그 관련자들을 고소해야 합니다. 그리고 그들을 신성모독으로 몰아가야 합니다."

"신성모독?"

"그렇습니다."

일본인들도 법적인 처벌을 두려워하기는 한다.

하지만 그보다 더 두려워하는 것이 바로 사회적인 따돌림이다. 알게 모르게 이지메 문화가 강한 일본에서 사회적 따돌림은 온 집안의 파멸로 이어지기 때문이다.

"만일 법적으로만 끝낸다면? 그다지 처벌이 강하지 않을 겁니다."

분명 신사본청이나 정치인들이 사건을 덮으려고 할 테니까.

"하지만 신성모독으로 몰아가서 그들을 사회적으로 고립시킨다면 그들은 어떻게 해서든 벗어나려고 할 겁니다."

실제로도 일본 기업들은 사회적 고립으로 망하곤 한다.

일본에서 사회적으로 고립되면 재기하는 것이 거의 불가능하다.

"특히나 종교적 문제라고 하면 더더욱 그렇지요."

일본은 만신의 나라다. 그만큼 종교적 믿음이 강하다.

그런 일본에서 신성모독이라는 것은 진짜 저주받을 행동이며, 그런 자들을 도와주면 자신에게도 신벌이 내릴지도 모른다는 공포감이 만연하다.

"그러니 그렇게 함으로써 그들이 다른 곳으로 책임을 돌리도록 하는 게 최선입니다."

"으음……."

요히토는 이를 악물었다.

마음 같아서는 직접 복수하고 싶지만 당장은 그럴 수 없다는 게 한이 맺힐 뿐이었다.

"자네가 모든 걸 잘 알겠지. 자네가 알아서 해 주게."

"걱정하지 마십시오."

신동하는 눈을 반짝였다.

"제 충정은 전하를 위해 존재하니까요."

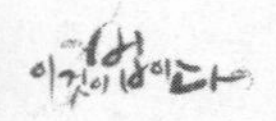

신별이 아닌 인별

천황이 직접 고소하면 좋겠지만 그걸 내버려 둘 내각이 아니다. 하지만 그렇다고 해서 그들을 건드리지 못하는 것은 아니다.

신동하는 일본신도회를 통해 관련 증거를 가지고 고발을 했다. 고발은 누구나 할 수 있으니까.

당연하게도 신사본청은 난리가 났다.

"횡령으로 고발을 했다고?"

"네, 그 당시 공사를 했던 업체들을 모조리 고소했답니다."

"그걸 그놈들이 어떻게 안 거야? 어?"

"고발 자료에 따르면 그놈들이 떨어진 나뭇조각으로 유전자 검사를 했답니다."

"유전자 검사? 나무로도 그게 가능해?"

"가능하다고 합니다."

"아니, 중요한 건 그게 아니지. 도대체 이게……."

신사본청은 알게 모르게 그렇게 나무를 빼돌림으로써 적지 않은 부를 쌓아 올렸다. 그 과정에서 공사비도 상당히 뻥튀기해서 빼돌렸다.

당연하게도 그 모든 행동에는 건설사들의 협조가 있었다.

"그쪽에서는 뭐라고 해?"

"자신들은 몰랐다고 우기고 있습니다만……."

"그게 말이나 돼?"

그들이 몰랐다고 우기면 나무를 공급한 사람들이 문제가 된다.

그런데 그 나무를 공급한 건 신사본청이다.

당연하게도 그다음 타깃은 이들이 될 수밖에 없다.

"그렇다고 그들에게 전부 책임지라고 하기에는 워낙 사건이 커서……."

수천억짜리 사건이다.

'책임'을 진다면 어지간한 건설사는 흔들릴 수밖에 없는 게 현실이다.

"아니, 이게 어떻게……."

지난 수십 년간 단 한 번도 문제가 되지 않았다.

어차피 20년만 지나면 모조리 다 부술 건물이니까 대충 지어도 상관은 없었다.

그런데 갑자기 이런 문제가 생기자 그들은 당황할 수밖에 없었다.

"당장 내각이랑 이야기해. 어떻게 해서든 사건을 덮어야 해."

"그들이 도와줄까요?"

"도와주지 않으면 어쩔 건데? 그 나무를 사 간 게 누군지 잊었어?"

"아아, 그렇군요."

결국 그런 나무들을 사 간 것은 그들이다.

당연하게도 그들도 어떻게 해서든 사건을 덮어야 했다.

"어떻게 해서든 덮어. 언론사에 이야기해서 이 문제에 대해 일절 이야기도 꺼내지 말라고 해."

신사본청에 그 정도 힘은 있었다.

"어차피 이번 한 번만 넘으면 끝이야."

다음번은 20년 후다. 그때는 똑같이 해도 다들 모를 수밖에 없다.

"알겠습니다."

그렇게 다들 사건을 수습하기 위해 움직이는 그때, 불행히도 생각지도 못한 전혀 엉뚱한 쪽에서 문제가 터졌다.

사실 그들이 막기 위해 움직일 것은 노형진도 익히 알 수 있는 사실이었고 그걸 그냥 두고 볼 그가 아니었기 때문이다.

"크…… 큰일 났습니다!"

"무슨 일인데?"

"처…… 천황 폐하가……!"

"뭐?"

"천황 폐하가…… 기자회견을……!"

"기자회견? 무슨 기자회견!"

"이걸 보십시오!"

천황이 아무리 허수아비라지만, 그래서 사실상 요히토에게 거의 모든 걸 넘기고 뒤로 물러났다지만 이세신궁 문제는 그런 그조차도 그냥 넘어갈 수 없는 일이었다.

정치적인 문제가 아니라 천황가에 대한 모독이니까.

—이번 이세신궁의 원자재 바꿔치기 사건은 단순히 이득의 문제가 아닙니다. 이세신궁은 천황가와 일본의 근본적인 신의 영역이니, 그러한 신의 영역을 개인의 치부를 위해 침범한 행동은 신성모독이라고밖에 생각할 수 없습니다.

천황가의 발표에 신사본청에는 차가운 공기가 흐르기 시작했다.

천황가의 신성모독 발언은 사회적으로 큰 파장을 일으켰다.

그리고 신성모독이라는 말에서처럼 그건 종교적인 문제이지 정치적인 문제가 아니었다.

"더군다나 이건 명백하게 범죄니까요."

그 당시에 공사를 했던 사람들이 계속해서 불려 오고 있었으나 대부분은 몰랐다, 그저 납품된 자재로 공사를 했을 뿐이라는 주장을 계속하고 있었다.

"그리고 그걸 납품하도록 한 게 바로 신사본청이지요."

그들이 원자재를 관리하는 책임을 가지고 있으니까.

"그나저나 추적은 어떻게 되어 갑니까?"

신동하는 궁금하다는 듯 물었다.

일반적으로 사건의 추적은 경찰이 하는 게 보통이다.

하지만 사건의 특성상 일본 경찰이 진행할 가능성이 낮기 때문에 다른 방법, 그러니까 대룡을 통해 납품된 나무를 추적하고 있었다.

"어느 정도 나왔습니다. 모두 필리핀에서 나온 나무더군요."

"그리고 그걸 수령한 곳은요?"

"신생 업체였습니다. 이세신궁 공사가 끝난 후에 사라졌고요."

공사에서 해 먹기 위해 만들어진 전형적인 기업이었다.

"기업이야 사라졌지만 그 당시에 거기서 일한 사람들에 대한 자료는 충분하니까요."

그러니 그들을 추적하는 것은 어렵지 않은 일이었다.

“어찌 되었건 이세신궁 원자재 사건에서 신사본청이 벗어날 방법은 없습니다.”

그들은 단순히 이세신궁에 대한 관리만 담당하는 게 아니다. 거기에 들어가는 나무를 키우는 책임 역시 지도록 되어 있다.

“이를 가지고 천황가에서 책임을 물을 수도 있지요.”

그리고 적당한 압박을 가한다면 이세신궁의 관리 권한을 빼앗을 수 있을지도 모른다.

“하지만 부족할 겁니다.”

그러나 신동하는 부정적으로 말했다.

“그들의 결탁은 어마어마합니다.”

“그럴 겁니다. 사실 어느 정도 처벌이야 이루어지겠지만요.”

하지만 결국 언제나처럼 꼬리 자르기로 끝날 가능성이 높다.

아무리 신사본청이 범죄를 저질렀다고 해도 그들과 결탁한 다른 사람들이 너무나 많았다.

“그러면 이제 마지막 작전을 시행할 시간이군요.”

“마지막 작전요? 아직도 작전이 있다고요?”

신동하는 기겁했다.

지금까지 한 것만으로도 신사본청은 치명적인 타격을 입었다.

사건은 피할 수가 없고 그 배상금을 내야 하며 내부에서 적지 않은 돈을 지급해야 한다.

지금까지 신사본청에서 얼마나 돈을 빼돌렸는지 모르지만 그 돈이 절대 적지는 않을 게 뻔했다.

"전에도 말했지만 제 목적은 신사본청을 무너트리고 이세신궁의 관리 권한을 되찾아 오는 것입니다."

노형진이 이세신궁에 이렇게 집중하는 이유가 있었다.

이세신궁은 천황가가 직접 제사를 집전하는 곳이다.

공식적으로 일본의 천황가가 일본 최고의 신관 집안이라는 포지션을 가지기로 했다면 그들에게는 직접 제사를 지내는 곳이 필요하다.

"바로 그곳이 이세신궁이지요."

만일 그곳을 빼앗기면 천황가는 진짜 이도 저도 아니게 된다. 물론 신사본청은 그런 것에 대해 그다지 신경 쓰지는 못할 테지만 말이다.

"그러니 어떻게 해서든 이세신궁을 찾아와야 합니다."

"하지만 지금 상황에서 어떻게요?"

방법이 없었다.

그러기에는 이 정도 횡령은 심각한 문제가 되지 않았다.

"그들에게 새로운 권력을 강요해야지요."

"새로운 권력?"

"그렇습니다."

노형진은 차분하게 말했다.

"이세신궁, 아니 신사본청이 믿는 종교가 뭐지요?"

"네?"

"신사본청 말입니다, 그들이 믿는 종교가 뭡니까? 정확하게 묻지요. 그들이 믿는 신이 누구죠?"

"어…… 그러니까……."

신동하는 애매한 표정을 지었다.

그들이 믿는 신이라는 게 정확하지 않았으니까.

"그게 함정입니다. 신사본청은 정확하게 믿는 신이 없어요."

정확하게 말하면 신도, 그러니까 아이러니하지만 신사본청은 종교 단체로 분류되지만 정확하게 믿는 신이 규정되어 있지 않다.

크게는 일본의 전통 신인 구니쓰카미부터 아마테라스까지 작게는 지역 토착 신부터 조상신까지, 그들이 모시는 신에 대한 정확한 제한은 없다.

"다시 말하면 신사본청은 종교 단체이지만 종교 단체가 아니기도 합니다."

신사에서 모시는 모든 신을 다 모심과 동시에 신사의 집합체이기도 한 게 신사본청이다.

"실제로 그들의 사상인 신도에 관해서는 학자들의 대립이 있기도 하지요."

일부 학자들은 그걸 종교로 보아야 한다고 하지만 일부 학자들은 그걸 하나의 문화로 보아야 한다고 한다.

좀 복잡하지만 한국의 제사와 비슷한 것이다.

엄밀하게 말하면 그건 하나의 종교적 행사처럼 보이지만 현실적으로 제사라는 것은 하나의 문화가 되었으니까.

"신도라는 것은 그만큼 일본의 문화에 밀접한 관련이 있으니까요."

"그거랑 천황 폐하가 무슨 관계가 있는지 모르겠습니다."

분명 일본신도회가 그들의 포지션과 비슷한 자리를 잡고 치고 올라가고 있다.

하지만 아직 규모가 너무 작은 것이 현실이다.

"일본 헌법 4조 1항, 천황은 이 헌법이 정하는 국사에 관한 행위만을 하며 국정에 관한 권한은 가지지 아니한다. 2항, 천황은 법률이 정하는 바에 따라 국사에 관한 행위를 위임할 수 있다."

노형진은 일본의 평화 헌법을 언급했다.

그러자 신동하는 눈을 찌푸렸다.

"그 법이 우리가 이런 식으로 하는 가장 큰 이유 아닙니까?"

해당 헌법 때문에 천황은 정치를 하지 못한다.

그래서 노형진이 그들을 전면에 내세우기 위해 종교라는 편법을 쓰는 것이다.

"압니다. 지금까지 이게 우리의 발목을 잡았지요. 하지만 이제 이게 우리의 가장 강력한 아군입니다."

"네?"

노형진의 말에 신동하는 이해가 가지 않았다.

가장 큰 문제가 되는 조항이다. 그런데 그게 가장 강력한 아군이라니?

"그 국사에 대한 규정이 핵심이지요."

국사, 그러니까 국가의 일에 대해 일본의 헌법 7조에서는 이렇게 규정하고 있다.

1. 헌법 개정과 법률 및 조약의 공포.

2. 국회의 소집.

3. 중의원의 해산.

4. 국회의원 총선거 시행의 공시.

5. 국무대신을 비롯한 법률이 정하는 기타 관리의 임면, 전권위임장 및 대사, 공사 신임장의 인증.

6. 사면, 특별사면 등 형의 집행 면제 및 복권 인증.

7. 영전의 수여.

8. 비준서 및 외교문서의 인증.

9. 외국의 대사와 공사 접수.

10. 의식 거행.

"그리고 이 모든 국사는 헌법 3조에서 태클을 걸고 있지요."

일본 헌법 3조에는 일본의 국사에 대한 행위에 내각의 조언과 승인이 필요하다고 되어 있다.

즉, 국사는 천황이 하는 게 맞는데 그 허락은 내각이 한다는 괴상한 구조가 된 것이다.

쉽게 말해서 천황은 도장 찍는 기계인 셈이다.

"그래서 제가 국사가 아닌 천황가라는 개인으로서의 축하를 하도록 한 거고요."

그건 국사가 아니니까.

"그런데 이 법에서 재미있는 부분이 뭐냐면, 국사의 위임 부분입니다. 법률을 통해 천황은 국사를 위임할 수 있습니다."

"그렇지요."

"그리고 이세신궁의 관리 및 제사 문제는 그에 따라 위임된 거죠."

"으음…… 그렇지요?"

"하지만 법 어디에도 그 관리 주체를 신사본청이 하라는 규정은 없습니다."

법적으로 특정 종교에 대한 정부의 지원은 인정되지 않고 있으니까.

"에?"

그 순간 신동하는 정신이 번쩍 들었다.

"제가 왜 고소하라고 했는지 아시겠습니까?"

"범죄로 그들의 비리가 드러났으니 위임의 회수가 가능하겠군요!"

물론 그걸 하기 위해서는 내각의 허락을 받아야 한다.

"하지만 천황가에서 범죄를 이유로 관리 주체를 바꾸겠다는 의견을 내는 것은 전혀 불법이 아니지요."

애초에 그건 천황가의 권한이며 법률에 의해 위탁 관리되었을 뿐이다.

"신사들의 모임인 신사본청, 그들에게 있어서 최고 신관이자 권리자인 천황의 권한 회수는 심각한 문제입니다."

왜냐하면 그들의 총본산이 이세신궁이니까.

웃기지만 그들은 신사가 아니다.

그저 신사들의 관리 집합체일 뿐이지.

"그런데 그들이 관리하는 신사가 사라지면 어떻게 될까요?"

당장 이세신궁에서 나가게 된다면 그들은 어마어마한 물자와 사람을 빼야 한다.

"관리 주체를 바꾸겠다고 하는 건 정치가 아니죠."

더군다나 그들의 범죄행위가 드러난 상황에서 그건 합당한 요구다. 그러니 내각도 천황에게 뭐라고 할 수가 없다.

"물론 공식적으로 요구해야 합니다. 그리고 내각에서는 그걸 공식적으로 처리해야 하지요."

그 말은 내각에서 바꾸지 못하는 이유를 정식으로 천황가에 이야기해 줘야 한다는 거다.

"그리고 천황은 이미 그들에 대해 신성모독으로 못을 박아놨지요."

그 말은 내각에서 바꾸지 못한다면 신성모독의 이미지가 그들에게 옮겨 간다는 소리다.

"일본은 신성모독에 관해 아주 예민하지요?"

노형진은 씩 웃었다.

"아마 머리가 많이 아플 겁니다, 후후후."

⚖

천황가는 노형진의 조언에 따라 이세신궁의 관리 주체를 바꿔 달라는 요청, 아니 요구를 정식으로 했다.

그러니 일본 정부는 헌법에 따라 이세신궁의 관리 주체의 교체에 관해 정식으로 검토해야 한다.

"이게 어떻게 된 거야……."

신사본청은 현 상황이 당황스럽다 못해 어이가 없었다.

물론 자신들이 돈을 빼돌린 건 사실이다.

그리고 그게 조금씩 드러나고 있는 것도 사실이다.

언론을 통제하고 있다지만 그건 외부에 새어 나가지 못한다는 의미일 뿐이지, 천황가에는 보고가 들어가고 있는 것은 당연한 일이다.

"우리보고 나가라고?"

"그렇습니다."

"장난해? 지금의 이세신궁을 만든 건 우리야! 그런데 우리보고 나가라고?"

"천황이 미친 거야!"

"이런 미친 새끼들!"

사실 신사본청의 본사에는 거의 사람이 없다.

그 규모에 비해 건물도 작다. 거의 대부분의 업무를 이세신궁에서 하고 있기 때문이다.

그런데 이세신궁에서 나가게 된다면 당장 신사본청은 걷잡을 수 없이 무너지게 된다.

그럴 수밖에 없는 게, 이쪽의 부패로 인해 천황이 교체를 요구한 이상 필연적으로 신사들이 일본신도회로 넘어가게 될 수밖에 없으니까.

더군다나 이미 일본신도회는 천황과 아주 긴밀한 관계를 맺고 있다.

"내각에 뭐라고 해 봐요! 일본신도회에 대한 지원은 명백한 헌법위반입니다!"

"그게 애매합니다, 천황이 그쪽을 지원하지만 그 모든 행사를 개인적 자격으로 하고 있어서."

심지어 축하 편지에도 천황이 아니라 신관이라는 이름을 쓰고 있다.

"거기에다 행사 자체에 참가하는 건 문제가 아니라서……."

단순히 축하를 해 주는 것을 뭔가 한다고 보기는 애매하다.

"그리고 그 업무를 하는 직원들은 모두 천황가의 돈으로 운용하고 있습니다."

"큭."

전이라면 꿈도 못 꿀 일이다.

하지만 우생 보호법 사건 이후에 막대한 후원금이 천황가에 들어갔고, 그건 천황가 개인의 자산이지 국가의 돈이 아니라서 내각에서도 쓰는 걸 막을 수가 없었다.

그러니까 자기 돈으로 직접 직원을 고용해서 움직이는 건데 이걸 헌법위반으로 걸자니 애매하다.

그렇다고 법정으로 가자고 하자니, 이건 명백하게 천황에 대한 불경으로 비칠 수도 있는 일이다.

지금까지 자금으로 천황가를 압박하던 일본 정부 입장에서는 상당히 곤란한 상황이 되어 버린 것이다.

"젠장, 그놈들을 압박할 가능성이 없다는 거야?"

"애석하게도 현재로써는 그렇습니다."

"이런 개 같은……."

신사본청에는 그렇게 그림자가 드리워지고 있었다.

⚖

"신사본청에서 슬슬 수를 쓸 텐데요."

노형진은 달력을 슬쩍 보면서 말했다.

시간이 좀 지났으니 신사본청에서 가만히 있을 리 없다.

그런데 그들이 움직이지 않는다는 것이 노형진은 영 미심쩍었다.

"그냥 이대로 순순히 물러나는 게 아닐까요?"

"그럴 리가요."

노형진은 신동하의 말에 코웃음을 쳤다.

"이 세상에 순순히 권력을 내려놓는 사람 따위는 없습니다."

악착같이 지키려고 하고, 권력과 힘을 가지기 위해 거짓말을 하고 살인도 불사하는 게 사람이다.

"하물며 권력을 모르는 것도 아닌 신사본청에서 순순히 포기한다고요? 그건 말도 안 되는 소리죠."

"하지만 그렇다고 해서 그들이 뭘 어쩔 수 없는 상황이 아니지 않습니까?"

적당한 핑계와 적당한 상황이 이루어졌고 천황가는 이세신궁의 관리 주체를 바꿔 달라고 정식으로 요청했다.

"수사도 이미 진행 중이고요."

이세신궁의 공사는 20년에 한 번 이루어진다.

그리고 이세신궁이 새로 만들어진 지는 채 2년이 되지 않았다.

당연하게도 22년 전 자료도 있었다.

"이미 그걸 분석해서 어마어마하게 해 처먹은 걸 알고 있습니다."

20년 전에 한 번, 그리고 이번에 한 번.

그들이 빼돌린 돈은 어마어마했다.

그리고 그들은 이세신궁에 쓸 나무를 지속적으로 계속 외

부에 빼돌려서 팔아먹은 것이 드러난 상황이다.

나무마다 개별적으로 바코드를 두고 관리한 것도 아니고 그냥 주먹구구식으로 관리해서, 그렇게 팔아먹는다고 해도 확실하게 확인할 방법이 없었던 것이다.

"이 정도면 일본 정부에서도 어지간해서는 버티기가 힘들 텐데요."

신동하는 이해가 가지 않는다는 듯 말했다.

상황 자체는 철저하게 천황가에 유리하게 돌아가고 있다.

"알고 있습니다. 그렇지만 아시다시피 일본이라는 나라가 상식으로 돌아가는 나라는 아니지 않습니까?"

"그건…… 그러네요."

국제적인 문제를 가지고 이야기하는 게 아니다.

인간으로서의 최소한의 상식으로 돌아간다고 보기에는 일본의 문화는 상당히 괴상했다.

사람을 잡아먹은 식인 살인범이 책을 내서 그걸로 먹고사는 나라가 일본이다.

"현 상황이 신사본청에 불리하게 돌아가고 있는 것은 사실입니다."

하지만 그렇다고 해서 그들이 자신의 잘못을 반성하고 순순히 조직의 운명을 받아들인다? 그건 아무리 생각해도 무리였다.

"결과적으로 말하면 현 상황에서 가장 가능성이 높은 건 그들이 어떤 식으로든 방어하려고 하는 겁니다."

"그런데 그걸 알면서도 놔두신다고요? 너무 위험한 거 아닌가요?"

신동하도 그들이 그런 식으로 유착하는 경우에 가지는 힘에 대해 누구보다 잘 알고 있다.

아무리 노형진이 작전을 짠다고 해도 받아들여 주지 않는다면 절대로 이세신궁의 관리 권한을 넘겨받지 못한다.

"압니다. 그래서 제가 기다리고 있는 겁니다. 그들이 천황가를 공격하기를요."

"그건……."

노형진의 말에 신동하는 침을 꿀꺽 삼켰다.

지금까지 천황가를 직접적으로 공격한 사람들은 없었다.

그런데 노형진은 그들이 천황가를 공격할 거라고 확신하고 있는 것 같았다.

"그게 가능합니까?"

"가능하지요. 아니, 그렇게 할 수밖에 없는 상황이지요."

노형진은 씩 웃었다.

"그리고 그때가 신사본청의 마지막 순간이 될 겁니다."

신사본청에서는 오랜 회의 끝에 결국 천황가에 대한 공격을 결정했다.
물론 천황가에 대해 테러를 하거나 물리적 공격을 한다는 것은 아니었다. 아무리 신사본청이라고 해도 그건 불가능했다.
그렇다고 사법적인 공격도 불가능하다.
천황가의 요구는 너무나 정상적이고 합법적이었으니까.
그래서 그들이 선택한 방법은 극우 세력을 이용하는 것이었다.
"생각보다 수가 적군."
신사본청을 지배하는 다나카 총재는 눈을 찌푸리며 말했다.
과거에 극우 세력이 많을 때는 자신을 만나기 위해 엄청나게 줄 서곤 했는데 지금은 그다지 많지 않았던 것이다.
"어쩔 수 없습니다, 상대방이 천황이다 보니."
"끄응, 그놈이 어쩌다 전면에 나서게 된 거지?"
다나카는 현 상황이 이해가 가지 않았다.
지금까지 누구도 신사본청의 권한에 대해 이의를 제기하지 못했다.
그런데 난데없이 일본신도회라는 조직이 생기고 천황가가 그들과 친하게 지내더니, 갑자기 국민들의 일상생활에 천황이라는 존재가 훅 치고 들어왔다.
"천황가에서는 뭐라고 하던가?"
"그들은 믿을 만한 곳에 이세신궁의 관리를 맡겨야 한다는 입장입니다."

"그거 말고 말이다. 우리가 만남을 요구하지 않았던가?"

요구한다.

그건 상대방을 자신보다 낮게 볼 때 쓸 수 있는 말이다.

즉, 다나카는 천황가를 자신의 아래로 보고 있는 것이다.

"그쪽에서는 만남을 거부했습니다. 아직 수사 중인 사건이고 수사의 피의자와 만나는 것은 정치적 중립을 해칠 가능성이 있다는 것이 그 이유입니다."

"지랄하는군."

다나카는 이를 악물었다.

안 봐도 뻔하다. 자신을 쳐 내기 위해 천황가가 덤비고 있다는 것쯤은 어렵지 않게 알 수 있었다.

"결국 우리를 움직이게 하는군. 극우 세력에 이야기하게, 움직이라고."

"하지만 그 숫자가 너무 적은데 효과가 있을까요?"

"흥, 자기들이 어쩔 건데. 이쪽 숫자가 적다고 해도 결국 천황가는 아무것도 없는 허수아비야. 우리가 제사를 지내도록 도와주는 것만 해도 감지덕지로 알아야지, 감히 우리 신사본청을 건드려?"

다나카는 이죽거리며 말했다.

"우리가 그들을 동원해서 시위를 하기 시작하면 내각에서도 적당히 공격해 줄 거야. 그러면 아무리 천황가라고 해도 절대 무시 못 하지."

물론 천황가를 지지하는 세력이 없는 것은 아니다.

하지만 그들은 극우 세력 중에서도 다수는 아니다.

더군다나 이권이 얽혀 있으면 당연하게도 대부분은 내각이나 돈을 주는 쪽을 지지한다.

아직 천황가는 돈을 주거나 할 정도로 세력을 이루지는 못했고, 일부 골수 극우 세력을 제외하고는 당연하게도 천황가보다는 내각이나 정부를 지지하는 것이 보통이었다.

"결국 필요한 건 언론에 내보낼 그림이지."

언론에서 그들의 시위를 최대한 자세하게 확대 재생산해서 전할 테고, 그건 천황가의 잘못으로 보이기에 충분하다.

그리고 내각에서 그걸 가지고 천황가를 압박하면 상황은 돌변하게 될 것이다.

천황가가 전면에 나섰다고 하지만 아직 그들은 허수아비에 지나지 않으니까.

"후회하게 될 거야, 천황."

다나카는 눈을 번득였다.

⚖

"예상대로네."

천황의 거처인 도쿄, 그곳에서 시작된 극우 세력의 시위.

물론 그 시위에서 천황에 대한 직접적인 언급은 없었다.

그건 명백한 불경이니까.

“하지만 시위 자체는 작지 않습니다. 일본에서는 이 문제를 가지고 난리예요.”

“그래도 제법 많이 동원하기는 했네요.”

시위 인원 5천 명.

그 숫자는 시위가 거의 없는 일본의 문화를 생각하면 어마어마한 거다.

극우 세력들은 도쿄로 몰려와서 이세신궁을 누군지도 모르는 자들에게 맡기는 것은 일본의 정기를 흐트러트리는 일이라고 거품을 물면서 시위를 하고 있었다.

방송에서는 연일 이 문제를 떠들고 있었으며, 이 문제로 정치인들이 천황가를 연일 찾아가고 있다고 했다.

“천황가에서는 뭐라고 하던가요?”

“곤혹스러워하더군요. 이런 식으로 극단적으로 저항할 줄은 몰랐으니까.”

“그래도 그 애들이 뭘 어쩌겠습니까? 천황제를 없애거나 하지는 못하잖아요?”

“그건 그렇지요.”

천황제에 대해서는 헌법에 규정되어 있다.

그 때문에 없애려고 한다면 헌법을 고쳐야 하는데, 그게 쉽게 될 리 없다.

“하지만 정치적 압력이 상당하다고 합니다. 뭐, 녹음기 때문에 돌려서 말하기는 하지만 이세신궁의 의미가 어쩌고 하면서 작은 단체에 맡길 수는 없다고 주장한다고 합니다."

"그럴 만하지요."

일본신도회는 여전히 세력이 작다.

사실 세력의 규모로 보면 일본신도회는 신사본청의 10분의 1도 되지 않는다.

그러니 이세신궁을 맡기고 싶다고 해도 그 규모가 작기 때문에 결국 세력에서 밀릴 수밖에 없다.

"이세신궁을 찾는 게 쉬운 일은 아닙니다."

"궁극적인 목적은 그거지요. 하지만 그게 당장 이루어질 거라고는 생각도 하지 않았습니다."

"네?"

노형진의 말에 신동하는 깜짝 놀랐다.

노형진은 신동하에게 이세신궁의 관리 권한을 빼앗아 오는 게 목적이라고 했다.

그런데 이제 와서 상관없다는 식으로 말하다니?

"아니, 그러면 찾아오지 않아도 된다는 말씀이십니까?"

"아니요. 그게 오래 걸릴 거라는 뜻이지요."

신사본청의 권력은 어마어마하다.

몇 건의 범죄로 완전히 소멸되기에는 그들의 힘이 너무나 강했다.

"하지만 그들의 근본을 부정하게 되면 그건 가속화될 겁니다."

"근본을 부정하다니요?"

"전에 말씀드렸지요? 신사본청은 정확하게 표명하는 신이 없다고요. 하지만 이세신궁에서 그들은 천황에 대한, 아니 아마테라스에 대한 제사를 지냅니다."

"그렇지요."

"그리고 그 자손은 천황가이고요."

"그건 전부터 말한 것 아닙니까? 그런데 그게 무슨 의미가 있다는 거지요?"

노형진은 손가락을 세워 흔들어 보이며 씩 웃었다.

"아마테라스를 믿는 이세신궁, 그리고 그 제사를 집전하는 신사본청. 그 말은 신사본청이 아마테라스를 모신다고 해도 무방하다는 거지요."

"그래서요?"

"만일 천황가에서 지금 그 관련자들과 시위를 하는 자들을, 신성모독을 이유로 파문한다면 어떻게 될까요?"

"파문……."

신동하의 정신이 아득해졌다.

전혀 생각도 못 한 단어였으니까.

파문이란 쉽게 말해서 어떤 단체의 소속임을 부정하고 그들을 방출하는 행동을 말한다.

"파…… 파문이라고요? 지금 극우 세력을 모조리 파문하자는 겁니까?"

"아니요. 대표적인 몇몇만을 파문하자는 겁니다."

노형진은 느긋하게 의자에 기대앉으며 말했다.

노형진은 웃으며 말하고 있었지만 그걸 듣는 신동하는 손이 바들바들 떨렸다.

그만큼 파문이라는 단어가 가지는 힘은 어마어마했다.

"하…… 하지만 천황가는 파문에 대한 권한이 없는데요."

"정확하게 말하면 아마테라스를 비롯한 어떠한 일본 신을 모시는 종교에도 파문이라는 것은 없지요."

물론 일본 문화상 가문에서 파문을 한다거나 하는 말은 있었지만 종교적으로 일본 신도를 파문한다는 이야기는 없었다.

"규정에 없는데……."

"애초에 신도라는 종교 형태 자체가 성문화된 규정이 없지요."

그저 정신적으로 천황이라는 존재가 위에 있다는 암묵적인 합의일 뿐이다.

"지금 이번 사건을 벌인 자들에 대해 정리 중입니다. 사건의 주범으로 확신할 수 있는 자들 그리고 그 관련자들에 대해 정리 중이지요. 그중에는 신사본청의 총재 다나카도 포함됩니다."

하긴 이 정도 대규모 착복이 다나카가 모르는 상태에서 이루어졌을 리가 없다.

"전부를 할 수는 없지요. 하지만 천황가가 그들에 대해 파문을 결정하면 그때는 상황이 달라질 겁니다."

"어째서요? 아무런 효과도 없는데요?"

카노사의굴욕처럼 종교가 지배하는 시대도 아니다.

당연하게도 천황가의 파문이 가지는 효과는 제한적이다.

카노사의굴욕이야 파문당한 후에 아예 사회적으로 고립되어 일어난 일이지만 지금은 그게 아니니까.

"천황가의 파문은 다른 의미에서 신사본청의 약점이 되거든요."

"어째서요?"

"천황은 공식적으로 여신 아마테라스의 자손이니까요."

신이 아니라 인간이지만 그들이 여신 아마테라스의 후손이라는 것까지 부정된 것은 아니다.

"그래서 천황가가 아마테라스를 위한 종교 행사를 하는 거고요."

노형진은 말을 하면서 눈을 슬며시 반달로 휘었다.

"그리고 신사본청은 아마테라스를 위해 지금까지 제를 지내 왔지요."

그제야 신동하는 맞닥뜨린 지금의 이 당황스러운 상황이 이해가 갔다.

"부정을 할 수가 없군요!"

천황가의 파문 효과를 부정하기 위해서는 천황가가 아마테라스의 자손이라는 걸 부정해야 한다.

그런데 천황가는 공식적으로 아마테라스의 자손으로 알려

져 있다.

즉, 파문의 효과를 부정하는 순간 아마테라스를 부정하는 셈이 된다.

하지만 아마테라스라는 존재를 인정하면?

자연스럽게 천황가를 인정하게 된다.

그 말은 천황가의 파문이 효과를 발휘한다는 소리다.

그들은 아마테라스의 자손이니까.

"전자라면 그들은 자신들의 종교의 근본을 부정하는 셈입니다."

기독교가 예수를 부정하고서 존재할 수는 없다.

이번 사태도 마찬가지다. 천황가를 부정하면 아마테라스를 부정하는 셈이 된다.

종교적 근본을 부정한 종교 단체가 존재한다는 것은 불가능하다.

부정하는 순간 신관으로서의 모든 권위가 박탈당하니까.

"하지만 인정하면 천황가의 개혁에 꼼짝없이 걸리는군요."

"정확합니다."

만일 그들이 저지른 범죄가 없었다면 아무리 천황가라고 해도 어떻게 할 수가 없었을 것이다.

파문은 어디까지나 종교적인 부분이고, 사실 엄밀하게 말하면 강제성이라고는 없다.

파문한다고 해서 그 신을 믿지 말라고 할 수는 없으니까.

파문은 엄밀하게 말하면 신이 그를 버린 게 아니라 조직이 그를 버린 거다.

“문제는 이미 먼저 신을 버린 건 신사본청이라는 거지요.”

감히 신에게 바쳐질 물건들을 빼돌려서 팔아먹고 사리사욕을 채웠다.

그러니 당연히 신의 자손이 파문할 자격이 된다고 우겨 버리면 그들은 부정할 방법이 없다.

“그리고 그로 인해 그들의 가치는 무너지든가 아니면 고개를 숙이든가, 둘 중 하나죠.”

노형진은 씩 웃으며 말했다.

“과연 그들이 어떤 선택을 할까요? 후후후.”

“파문이라니요! 나는 파문을 당할 정도의 일을 한 적이 없습니다!”

극우 세력 중 일부는 그러한 파문에 저항하려고 했다.

“그런데 왜 신을 버린 자들에게 신사의 운영을 맡기려고 했습니까?”

“그건…… 아니, 그들이, 지금까지 전례가 있고…….”

“그래서 맡길 수가 없는 겁니다. 지금까지 어마어마하게 해처먹은 게 드러났으니까. 도무지 용서가 안 될 수준으로요.”

천황의 명을 받은 직원은 극우 세력의 대표를 논리로 밀어붙였다.

“그 나무는 신에게 바쳐진 나무들입니다. 신목이란 말입니다! 그런데 그걸 자기 마음대로 가져다 팔았습니다. 이는 그야말로 신을 대놓고 무시하고 천황 폐하를 무시하고 나라를 무시한 불경입니다. 그런데 그런 자들에게 무조건 신사의 운영을 맡겨야 한다고요? 대체 그 이유가 뭡니까?”

“그건…….”

신사본청에서 한 짓거리가 있기 때문에 당연하게도 그들은 아무런 말도 할 수가 없었다.

물론 다른 논리로 발악한 사람도 있기는 했다.

“난 기독교야! 내가 왜 천황의 파문을 겁내야 하는데!”

“기독교가 왜 신도의 종교 문제에 끼어드는 거지요? 이거 종교 탄압 아닌가요? 아니면 기독교에서 계획적으로 일본의 정치에 대해 개입하려고 하는 건가요?”

“아니…… 그건…….”

“기독교라면 우리랑 상관없지요. 하지만 당신 역시 우리의 이세신궁 관리에 끼어들 자격이 없습니다. 이세신궁은 천황가의 조상을 모시는 신사입니다. 일본의 창조신들을 모시는 신사이고요. 그런데 기독교가 왜 그들의 행사에 끼어들죠? 당신의 행사는 기독교의 공식적인 요구인가요?”

극우 세력은 할 말을 잃었다.

불행히도 그들의 문제는 그것만이 아니었다.

파문을 당했다고 하지만 사실 일본의 신도 문화에서 파문에 관련된 규정은 없다.

애초에 불교처럼 불경이 있거나 기독교나 천주교처럼 성경이 있는 것도 아니다.

그 말은 파문의 형태를 지금 천황 마음대로 정해도 아무런 문제가 없다는 것이다.

규정이 없으니까.

"제 아들이 저지른 모든 잘못에 대해 사죄드립니다."

당장 죽어도 이상할 게 없어 보이는 노인이 눈물을 흘리며 방송에서 이야기했다.

집으로 날아온 파문장.

극우 세력 입장에서는 별거 아닐지 모르지만 전통을 중시하고 천황을 신성불가침으로 생각하는 상당수 일본인들에게 파문이라는 것은 어마어마한 충격이었다.

"제가 아이를 제대로 못 키운 잘못입니다, 흑흑흑."

그렇기에 부모들은 TV에 나와 눈물을 흘리며 파문당한 자식들이 저지른 잘못에 대한 사죄를 할 수밖에 없었다.

그리고 파문당한 자들은 자연스럽게 극우 세력 내에서 이지메 대상이 되었다. 천황에게 파문당한 자는 곧 일본 국민의 공적이기 때문이다.

"뭐야? 왜 그래? 날 보는 눈빛이 왜 그러냐고!"

자신의 사무실에 간 남자는 언성을 높였다. 사무실 내의 사람들이 하나같이 괴물을 보는 듯한 눈빛을 하고 있었다.

"지금 나한테 불만 있어!"

"아니, 그건 아닌데……."

"야야, 말 섞지 마. 너도 그러다 파문당하고 싶어?"

"아, 씁……."

"씨발! 뭐 어쩌라고!"

남자는 발악을 했다.

하지만 상황은 점점 최악으로 치달았다.

"미안하지만 내일부터 안 나왔으면 좋겠는데."

"아니, 무슨 말입니까! 내가 나라를 위해 얼마나 노력했는데!"

"아니, 그건 아는데, 자네가 아무래도 신분이 신분이다 보니……."

파문당한 존재. 그와 어울린다는 이유만으로 극우 세력은 천황을 부정하는 셈이 된다.

물론 부정하는 단체라면 모르겠지만 그런 단체는 일본에서 살아남을 수가 없다.

당연히 모든 지원이 끊어질 뿐만 아니라 기부 역시 끊어질 수밖에 없다.

"내가…… 내가 뭘 잘못했는데!"

그는 절망했지만 이미 세상은 그를 격리하고 있었다.

⚖

“이게 무슨…….”

다나카는 손이 바들바들 떨렸다.

그를 비롯해서 신사본청의 핵심 멤버들과 주요 신관들에게 파문이 떨어졌다.

물론 그딴 파문 신경이나 쓰겠느냐고 비웃었지만, 신경을 쓸 수밖에 없는 상황이 되어 버렸다.

“무슨 소리야! 물러나라니!”

“그게…… 천황가에서 파문당한 신관들을 제례에 입장도 못 하게 하랍니다!”

“그게 말이나 돼! 내가 지난 10년간 해 온 일이야! 누구도 아닌 내가! 그런데 나보고 지금 물러나라고!”

“하지만 총재님은 파문당하셨습니다.”

쉽게 말해서 천황이 제를 지내는 데 참석도 못 하게 된 것이다.

문제는 거기서 발생한다.

아무리 파문이라는 게 형태가 없는 것이고 규정도 없는 천황가의 독단이라고 해도, 제사에 대한 모든 권한은 천황가에 있으며 그 의견을 따르는 게 헌법이다.

다만 지금까지는 위임 형태로 운영된 것뿐이다.

“위임을 부정하는 건 아닙니다. 하지만 여신을 부정하고

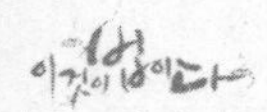

신물에 손댄 파문자들을 제사에서 빼 달라고…….”
그건 불법이 아니다.
위임의 대상은 단체이지 다나카라는 개인이 아니니까.
그 말은, 천황이 신사본청에 다나카가 제사에서 빠질 것을 요구할 수 있다는 뜻이다.
“개소리하지 마!”
다나카는 고래고래 소리를 질렀다.
“내가 누군 줄 알고! 나 다나카야! 신사본청의 총재!”
“하지만…….”
부하 직원들은 곤란한 표정이 되었다.
만일 신사본청에서 다나카를 감싸고돈다?
그러면 일본 내각에도 문제가 된다.
쉽게 말해서 신을 부정한 자에게 신에 대한 제를 지내도록 하는 건데, 과거처럼 천황가의 발언 라인이 없는 것도 아니고 그게 새어 나가면 여러모로 시끄러울 수밖에 없다.
“하지만 신을 부정한 자에게 제사를 맡길 수는…….”
그건 말도 안 되는 소리다.
전 일본 국민들이 다 신도의 신자는 아니지만 천황이라는 존재는 영적으로 우상화되어 있다.
그런데 그런 그의 말을 무시하고 무신론자에게 제사를 맡겨 버린다?
그건 일본이라는 나라의 역사를 완전히 무시하는 꼴이 되어 버리는 거다.

"말도 안 돼!"

"총재님이 물러나신다면……."

"개소리하지 마! 난 절대 못 물러나! 안 물러나!"

다나카는 고래고래 소리만 질러 댔고, 그걸 보면서 직원들은 머리를 부여잡을 수밖에 없었다.

⚖

"그래서 총재는 물러났나?"

"그럴 리가요. 그가 물러날 리 없지요."

노형진은 유민택의 말에 어깨를 으쓱했다.

"하지만 그가 버티기 시작하면서 신사본청에서는 대대적인 싸움이 벌어졌습니다."

조직이다 보니 총재인 다나카를 몰아내고 권력을 잡으려고 하는 자가 있기 마련이다.

그리고 그 중심에는 천황에게 신관 임명 축하 편지를 받은 자들이 있었다.

천황이 파문해 버린 자들과 싸울 때 그들이 가장 쉽게 내밀 수 있는 무기는 다름 아닌 천황의 축하 편지다.

그걸 가지고 그들은 자신들이 천황에게 인정받은 정통 신관이라고 주장하기 시작했고, 양측은 신사본청에서 개싸움을 시작했다.

“그렇게 찢어진 조직이 싸우기 시작했으니 아마 신사본청은 얼마 안 갈 겁니다.”

그들은 국가 단체가 아니라 민간단체다.

그리고 이런 말이 있다, 절이 싫으면 중이 떠난다는.

“그들이 갈 수 있는 가장 쉬운 곳은 바로 일본신도회죠.”

이미 신도회를 통해 축하 편지까지 받았으니까.

“결과적으로 천황은 신관과 무녀에 대한 임명 및 파문의 힘을 가지게 된 거군.”

“규정은 없지만요.”

분명 규정은 없다.

하지만 이건 법으로 다룰 수 있는 영역도 아니다.

법으로 그걸 막으려면 기본적으로 천황이 일본 신의 자손이 아니라는 걸 전제로 깔고 시작해야 하기 때문이다.

“신의 영역을 건드리려는 법은 없지요. 건드려 봐야 좋을 게 하나도 없으니까요.”

“결과적으로 천황에게는 전국에 있는 신사를 통제할 수 있는 강력한 힘이 생긴 거군.”

“뭐 통제라기보다는, 정확하게 표현하자면 협조 요청 수준이겠습니다만.”

어찌 되었건 과거처럼 천황이 내각이 자기 말을 국민에게 전해 주기를 원하거나 그럴 필요 없이 신사를 통해 말을 직접 전할 수 있게 된 것이다.

"종교적 수장이라는 이미지를 만들어 놨으니까요."

물론 그러한 이미지는 오래전부터 있었다.

다만 노형진은 살짝 상황을 비틀어서 강제력을 부여한 것뿐이다.

"그리고 아시다시피 세속 권력과 가장 많이 싸우는 권력이 신권이지요."

"일본은 바람 잘 날이 없겠군."

지금처럼 정치인들이 개소리를 한다 해도 이제 신권을 이용해서 천황이 브레이크를 걸 수 있게 되었다.

그 말을 부정하자니, 이는 신권에 대한 정면 도전이 된다.

"물론 여전히 정치에 끼어들지는 못합니다만."

하지만 신권으로 견제를 할 수 있다는 것만으로 노형진은 충분히 이득을 볼 수 있었다.

"하지만 그건 요히토에 대해서만 그런 거 아닌가? 타이토가 권력을 잡으면?"

타이토. 요히토의 동생으로 차차기 천황이다.

그리고 그는 극우 세력이다.

"아마 타이토 역시 자기 형의 포지션을 따라갈 수밖에 없을 겁니다."

"그게 무슨 말인가?"

"전에 말씀드렸지요? 타이토는 여러 가지 문제가 많다고요."

그의 혈통 문제는 여전히 해결되지 않았다.

많은 극우 세력들이 그 불명확한 혈통 문제로 인해 그가 천황이 되는 것을 걱정하고 있는 상황이다.

"아마도 요히토가 천황이 되면 그 부분은 확실하게 정리하고 넘어갈 겁니다."

만일 그가 적손이라면 요히토 이후에 천황이 되겠지만, 적손이 아니라면 그와 그의 가족은 천황의 가계도에서 퇴출된다.

농담이 아니다.

요히토의 아내를 괴롭혀서 사산하게 만들고 딸마저도 이지메의 대상으로 만들도록 청부한 것이 바로 타이토의 가족이라 의심받고 있는 상황이다.

지금까지 타이토는 지속적으로 요히토에 대한 적대감을 드러냈으니, 요히토가 천황이 된다면 그런 타이토를 가만둘리 없다.

현 천황의 입장에서는 둘 다 아들이니 아무런 말도 못 하고 있지만 말이다.

"권력을 가진 사람에게 있어서 형제는 권력의 라이벌일 뿐이지요."

"으음…… 그렇다고 해도 적손일 수도 있지 않나?"

"적손이라고 해도 상관없습니다."

진짜 유전자 검사 결과 적손이 맞는다면 천황가를 이어 갈 수는 있을 것이다.

"전에 제가 말씀드렸지요? 타이토가 극우 세력이 된 것은 요히토를 견제하고 자신이 천황이 되기 위해서였습니다."

즉, 그는 원래 극우 세력이라기보다는 기회주의자 성향이 강하다고 봐야 한다.

"문제는 요히토가 이번 일 이후에 계속해서 천황의 권한을 강화한다는 거지요."

물론 헌법까지 고치지는 못하겠지만, 노형진이 종교적 권력이라는 걸 손에 넣어 준 이상 요히토는 그걸 이용해서 권력을 강화하려고 할 것이다.

"반대로 내각은 권력을 빼앗고 줄이려고 하겠지요. 그리고 그 상황은 계속될 테고요."

"무슨 뜻인지 알겠네. 타이토가 물려받는다고 해도 천황의 권한을 내려놓을 가능성은 없겠군."

"그는 기회주의자니까요."

타이토가 권력을 잡으면 요히토가 만든 천황의 권한은 자신의 것이 된다. 그런데 그가 다른 극우의 말을 듣고 그걸 포기하려고 할까?

"절대 그럴 리 없지요."

도리어 요히토의 방식을 이어받아서 더더욱 권력을 강화하려고 할 것이다.

"그리고 애초에 미국 정부에서 천황과 내각이 쿵작쿵작해서 헌법을 바꾸고 군대를 소유하는 걸 그냥 두고 보지는 않을 겁니다."

2차대전 당시에 그러한 결탁 구조 때문에 어마어마하게 피를 많이 흘린 미국이다.

미국 입장에서는 천황과 일본 내각이 일본의 자위대를 군대로 바꾸는 것에 대해 위험하다고 생각할 수도 있다.

"특히나 일본 내부에서 미국 핵 투발의 보복은 핵으로 해야 한다는 소문을 계속 낸다면요."

"설마?"

"인터넷에 글을 싸지르는 건 어렵지 않지요."

결과적으로 천황가는 내각과 대립할 수밖에 없다.

"그리고 그렇게 됨으로써 천황가는 더 이상 성장을 못 하게 됩니다. 좀 황당하시겠지만요."

일본의 정부와 내각이 어떻게 해서든 천황의 힘과 세력이 커지는 걸 막기 위해 노력할 테니까.

"결과적으로 자네가 노린 건 다 이루어진 거군."

천황에게 브레이크가 걸렸고 일본 역시 브레이크가 생겼다. 그러나 정작 그들이 함께 쎄쎄쎄 해서 한국을 위협할 가능성 역시 낮아졌다.

"신동하는 설마 그럴 거라고는 생각 못 하겠지만요."

노형진은 어깨를 으쓱했다.

"일본 정치계에 핵폭탄을 떨어트려 놓고 말을 참 편하게 하는군."

"일본 애들은 그런 핵폭탄에 익숙해서 괜찮습니다."

노형진의 농담 아닌 농담에 유민택은 피식 웃을 수밖에 없었다.

손으로 하늘 가리기

경제인의 밤.

대한민국의 경제를 이끌어 가는 수장들이 모이는 밤이다.

사실 경제인의 밤에 대해 유민택은 그다지 좋게 생각하지 않는다.

'구역질이 나는군.'

작년 경제인의 밤에 유민택에게 대동의 신동우는 대놓고 이빨을 드러냈다.

그리고 청와대는 모른 척했다.

애초에 청와대가 자신에 대한 대동의 공격을 승인한 셈이고, 그 때문에 전쟁이 벌어졌다.

'그리고 그게 불편한 인간들이 여기에 아주 넘쳐 나지.'

농담이 아니다.

그 당시에 자신을 공격하는 걸 청와대가 묵인한 이유가 대룡이 바른 기업으로 성장하고 있었기 때문이다.

그동안 철저하게 돈과 비리로 성장한 대기업이 바른 방법으로 성장한다는 사실이 그들에게는 불편했고, 그래서 다들 모른 척한 것이다.

"자 자, 드십시다."

웃으며 말하는 다른 기업 회장의 말에 유민택은 미소로 답했다.

하지만 바깥에 드러난 온화한 미소와 다르게 속으로는 딴 생각을 하고 있었다.

'처음에는 모른 척하더니만.'

안 봐도 뻔하다.

자신이 바보는 아니다.

자신과 성화의 싸움. 그 싸움으로 성화가 쓰러지자 여기에 있는 인간들은 하이에나처럼 달려들어서 성화를 갈가리 찢어 먹었다.

그러니 저들은 대룡과 대동이 싸우면 대룡이 갈가리 찢어질 거라 생각했을 것이다. 그리고 그때 함께 찢어 먹을 생각에 흡족하게 웃었을 것이다.

자신들이 바로 그다음 대상인 것도 모른 채.

그러나 노형진 때문에 대동은 신나게 전쟁 중이고, 그 안에서 도리어 대룡이 이권을 챙기기 시작하자 이제는 친한 척을 하는 것이다.

"참 맛있네요. 역시 이런 음식은 쉽게 먹을 수가 없지요?"

물론 그건 지극히 개인적인 감정이다.

사업을 할 때 감정만을 가지고 임하는 것은 금물이다.

그 역시 기회가 된다면 그랬을 테니까.

그랬기에 유민택은 웃으면서 밥을 먹었다, 다 적이지만 감정을 드러낼 수는 없기에.

하지만 모두가 그런 것은 아니다.

"유 회장? 작작 좀 하지?"

거나하게 취해서 유민택을 향해 언성을 높이는 남자.

그런 남자를 보면서 유민택은 살짝 당황했다.

"이 사장님, 그게 무슨 말입니까?"

이문소.

현 두한의 사장. 그가 얼굴이 불콰하게 변해서는 자신에게 말을 건 것이다.

물론 두한이 한국에서 서열 2위까지 올라간 기업이라고 하나 이런 자리에서 저렇게 취하는 것은 예의가 아니다.

"아이고, 이 사장님, 왜 이러십니까?"

"진정하세요."

다른 회장들 역시 당황한 듯했다.

이번 경제인의 밤은 청와대가 주최한 것이 아니다.

하나 그렇다고 해도 한국의 100대 기업인들이 다 모였다.

그 안에서 술에 취해 저런 행동을 하는 것은 회사의 품격을 떨어트리는 일이다.

"진정? 지금 진정하게 생겼어? 착한 놈 가면을 쓰고 내수시장을 싹 쓸어 먹는 새끼가 있는데?"

아예 취해서 휘청거리는 이문소를 보고 다들 혀를 끌끌 찼다.

"아니, 그건 사업적인 부분이지요."

단순히 착하게 군 게 아니다.

노형진은 유민택에게 사업적 선택지를 줬고, 유민택은 그 선택을 통해 원가를 낮추고 좀 더 많은 수익을 낼 수 있었다.

쉽게 말해서 회사가 발전한 건 경영 혁신을 통해 그런 거지 협작질을 해서가 아니다.

"너 말이야, 그딴 식으로 굴러먹으면서 좋아해도 된다고 생각해? 어? 노형진 그 새끼가 어떤 새끼인지 아느냐고."

'아아…… 역시 이거였나?'

유민택은 이문소가 왜 이러는지 알 것 같았다.

현재 이문소의 유일한 후계자가 정신병원에 있다.

몇 건의 고문 살해로 말이다.

당연하게도 이문소는 노형진에 대한 원한이 깊을 수밖에 없다.

"너 말이야! 너 노형진 그 새끼랑 친하지? 너 같은 새끼가 다 망친 거야! 알아? 다 망친 거라고!"

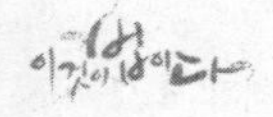

"너?"
"어허허!"
"이거 참."
다른 사람들은 당혹감을 감출 수가 없었다.
그럴 수밖에 없는 게, 이문소는 유민택의 다음 세대이다.
그러니까 쉽게 말하면 유민택의 아들이 있다면 그와 같은 세대라는 거다. 그런데 그런 놈이 자기 아버지 연배의 경제인에게 '너'라고 하다니.
"이 사장, 술이 좀 과한 것 같습니다. 가서 쉬지요."
유민택은 그래도 경제인 대표라는 그의 입장을 생각해서 최대한 정중하게 말했다.
하지만 다음 순간 벌어진 이문소의 돌발 행동은 모두를 숨죽이게 만들었다.
"너 때문이야! 너만 아니면…… 너만 아니면! 그 개자식을 죽일 수 있었다고!"
갑자기 유민택의 멱살을 잡아 올리는 걸 보고 다들 기겁을 했다.
"이런 미친!"
아무리 유민택이 유해졌다고 하지만 그는 한 기업을, 그것도 대기업을 이룬 사람이다.
그런 그가 이런 상황을 허허 웃으면서 넘어갈 리 없다.
더군다나 성화라는 대기업을 작살낸 지 얼마 안 된 사람이다.

물론 두한이 대룡보다 기업 서열상 위쪽에 있는 것은 사실이다.

하지만 성화 역시 기업 서열에서 대룡보다 위였다.

"너 말이야! 이 새끼! 네가 노형진을 얼마나 믿는지 모르겠는데 너, 너……!"

"불쾌하군."

유민택은 짜증스럽게 눈을 찌푸렸다.

물론 노형진과 그가 밀접한 것은 사실이다.

하지만 그는 다른 건 몰라도 두한의 문제에 관해서는 일절 관여하지 않았다.

두한과 노형진의 싸움은 노형진 혼자만의 문제이고 그는 아무런 관련이 없다.

당연하게도 정식으로 의뢰가 들어오기 전에는 노형진도 대룡을 위해 움직이지 않는다.

"그만하도록 하지."

"너 같은 개자식 때문에……!"

주변 사람들은 어쩔 줄 몰라 했다.

말리자니 두한이 무섭고, 안 말리자니 대룡이 무서우니까.

"경비! 경비!"

그들은 다급하게 경비를 불렀지만 다가온 경비도 어쩔 줄 몰라 했다.

사장님의 몸에 손대면 무슨 꼴을 당할지 모르니까.

"너만 아니었으면……!"

"이봐, 이문소 사장. 이건 놓고 이야기하지. 이번에는 술에 취해서 한 실수라고 생각하겠네."

유민택은 차가운 얼굴로 말했다.

아무리 그가 참는다고 해도 이 이상의 도발을 참는 건 명예가 달린 일이다.

하지만 만일 그런 상황이 된다면 개인적인 싸움을 넘어 대룡 대 두한의 싸움이 되기에 그는 이를 악물고 참았다.

이문소가 무서워서가 아니라 남의 싸움 때문에 대룡이 피해 입는 게 싫었기 때문이다.

"진정하거라!"

모두가 난리가 난 그때, 뒤에서 들리는 목소리.

고개를 돌려보니 이상주가 바라보고 있었다.

"지금 뭐 하는 짓거리냐!"

"아…… 아버지!"

이문소는 당황한 듯 말했다.

이문소는 사장이다.

당연히 그의 아버지인 이상주가 현 회장이다.

유민택과 같은 세대.

"미안하오, 유 회장."

이상주는 이문소를 강제로 떨어트리고는 유민택의 옷깃을 정리해 주었다.

"내 아들이 술이 과한 듯하네."

"기분이 좋지는 않군요, 이 회장님."

어찌 되었건 그가 연장자이기에 유민택은 최대한 진정하면서 말했다.

"내 가서 따끔하게 혼내겠네. 자네도 우리 마음 알지 않나? 자네도 자식을 잃어 봤으니까."

마치 이해해 달라고 하는 듯한 말투였지만 도리어 유민택은 짜증이 팍 올랐다.

'이것들이 작심했군.'

유민택 역시 아들을 잃었다.

하지만 그건 살해당해서였지, 저들처럼 자기가 사람을 죽이다가 정신병원에 갔기 때문이 아니다.

"오늘은 이만 끝내야겠군요."

유민택은 차갑게 말하면서 몸을 돌렸다.

"미안하오, 허허허."

유민택에게 다시 한번 사과를 하는 이상주.

하지만 유민택은 더 이상 이야기하지 않고 그곳을 나왔다.

그는 자신의 차량에 올라타고는 입술을 깨물었다.

얼마나 강하게 물었는지 입술을 타고 피가 흘렀다.

"회장님, 건강을 챙기십시오."

그런 그의 옆에서 깨끗한 손수건을 건네주는 남자.

유민택은 그걸 받아 상처에서 나는 피를 닦으며 그를 똑바로 바라보았다.

"어떻게 생각하나?"

"비서로서의 의견입니까, 아니면 전문가의 소견입니까?"

"전문가 소견."

"잠시 정리 좀 하겠습니다."

남자는 눈을 감고 조용히 생각에 빠졌다.

사실 그는 비서이기는 했다.

하지만 한편으로는 행동심리학자이기도 했다.

유민택은 노형진이 심리학을 토대로 상대방을 몰아붙이는 것과 사람의 행동을 통해 상대방을 예측하는 걸 많이 봤다.

그 때문에 그는 상대방을 예측하는 게 얼마나 중요한지 알 수 있었다.

서류로 정보를 빼돌리는 것은 스파이 짓이지만 그들의 행동을 보는 것은 스파이 짓이 아니다.

상대방의 행동을 분석해서 약점을 찾는 건 중요한 일이라고 판단한 유민택은, 노형진에게 이야기해서 행동심리학자를 비서로 고용하는 선택을 내렸다.

상대방의 심리를 읽어 내는 것이 사업적으로 엄청나게 유리하기 때문이다.

비서는 유민택과 함께 움직이며 그가 만나는 모든 사람을 만난다. 당연하게도 그들의 행동이 가지는 의미 역시 알고 있었다.

"전문가적인 제 소견을 말씀드리자면 이번 일은 미리 준비된 상황입니다."

"어째서?"

"다른 곳도 아닌 경제인의 밤입니다. 그곳에서 술을 진탕 마시는 사람이 얼마나 되겠습니까?"

물론 거기에 비싼 술이 비치되기는 한다.

하지만 그 술 없어서 못 마시는 사람은 거기에 들어올 자격이 안 된다.

"더군다나 비치되는 술의 종류도 보통 와인 정도의 간단한 저도수 주류입니다. 진이나 버번과 같은 강한 술이 없는 것은 아니지만 일반적으로 온더록스를 천천히 녹여 마시는 게 보통이지요."

애초에 그걸 잘 마시는 사람도 없고 말이다.

"그리고 이문소 세대는 돈이 있는 세대입니다."

유민택처럼 스스로 일어난 게 아니라 부자 부모님 덕분에 편하게 술 마시며 흥청망청 놀던 세대다.

회장님들이 후계자 작업을 한다고 해서 술을 못 마시게 하지는 않으니까.

"술 좀 마셔 본 사람일 테니, 저 정도로 술에 취하기는 무리라는 거지요."

"결국 설계다?"

"정황상의 증거뿐만이 아닙니다. 이문소가 술 마시고 실

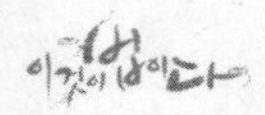

수한 건 그렇다 쳐도, 이상주가 끼어든 시간이 너무 늦었습니다."

물론 넓은 컨벤션 센터에서 벌어진 일이니 몰랐을 수도 있다.

실제로 이상주는 그 당시에 가장 구석에 있는 다른 사람들과 이야기하던 중이었다.

"그런데 그들의 재계 순위는 이상주에게 비빌 만한 수준은 아니었지요."

100위까지 참가할 수 있는 경제인의 밤.

자연스럽게 핵심층은 가운데로, 그 외 아래층은 가장자리로 갈 수밖에 없다.

누가 그러라고 한 게 아니다.

한국은 재계 순위가 극단적으로 바뀌는 경우가 드물고, 낮은 순위의 사람들이라면 아무래도 새로 들어온 이인 경우가 많아 거북스러워하기 때문이다.

더군다나 타고난 재벌과의 거리감이 있어서 스스로 거리를 두려고 하기 때문에 자연스럽게 중심에는 1위에서 20위 이내의 사람들이, 그리고 외곽에는 그 이하의 사람들이 모이는 게 일반적인 형태가 된다.

"이상주의 성격을 보자면 그가 재계 100위 수준의 기업인들과 이야기를 나눌 가능성은 낮습니다."

농담이 아니라 그 안에는 두한에서 하청을 받는 기업도 있는 지경이니까.

물론 두한이 하청을 주지 않는다고 해도 망하거나 하지는 않을 정도이기는 하겠지만, 어쨌거나 큰손인 것은 확실하다.

"그렇지. 용케 알아봤군."

"경제인의 밤이 우리 같은 사람들에게는 중요한 순간이지요. 그들의 기본 성향을 모르면 분석은 의미가 없으니까요."

"그건 그렇지. 그러니까 노형진이 아스가르드를 운영하는 거겠지."

물론 진짜 목적에 대해서는 살짝 빗나가기는 했지만 어찌 되었건 노형진의 말이 맞다.

그들에 대해 잘 알수록 그들의 선택을 예측하기 쉬워졌고 그들의 성향에 따라 작전을 짤 수 있었다.

실제로 그게 최근 대룡이 급성장한 비밀 중 하나였다.

"그런데 오늘 이문소와 이상주의 행동은 그들의 기본 프로파일과는 절대 매치가 되지 않습니다."

"그러니까 이해가 되지 않아. 그들이 미치지 않고서야 나와 싸우려고 할 리 없지 않나?"

물론 유민택이 무서운 건 아닐 것이다.

하지만 싸우기 시작하면 서로에게 피해가 간다는 걸 안다.

그리고 다른 자들이 그걸 뜯어먹을 거라는 것도.

"그래서 저도 이해가 가지 않습니다."

비서는 머리를 긁적거렸다.

"너무 극적으로 반응했습니다. 지금 상황에서 이문소가

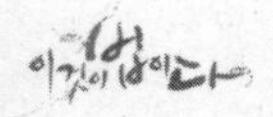

그렇게 반응하는 것은 이해가 안 됩니다."

그리고 그걸 방치한 이상주의 행동도 말이 안 되고 말이다.

"다른 회장과의 관계에 대해서는?"

"제가 봐서는 그다지 깊지 않았습니다."

이문소는 들어오자마자 미친 듯이 술을 마셨다.

아무리 슬프다고 해도 그건 말도 안 된다.

"더군다나 이문소의 아들이 정신병원에 있다지만 반인륜적 상황에 처한 것도 아니지요."

이문소의 아들은 초등학생인데 여자애들을 고문해서 죽였다. 그걸 두한은 힘으로 덮었고, 정신이상으로 정신병원에 들어갔다.

당연하게도 다른 사람들과 다르게 그의 아들은 독실에서 편하게 지내고 있다.

말이 독실이지 몇 개의 공간을 터서 48평 규모의 병실을 새로 만들고 그곳에 모든 걸 다 비치했다.

"노형진을 노리는 건가?"

"그럴 가능성은 낮습니다. 유민택 회장님이 노 변호사와 친한 건 그들도 압니다. 이번 일 역시 노 변호사의 귀에 들어가리라는 것도 알겠지요."

"그럼 왜?"

단순히 자신이 노형진과 친하다는 이유로 공격하기에는 너무 말이 안 되는 경우이다.

“우리를 치려고 하는 건가?”

“그럴 이유가 없습니다. 그들 입장에서는 뜬금없이 유 회장님과 대룡을 적으로 삼고 싶지는 않을 겁니다.”

“근데 왜……?”

도무지 이해가 가지 않는 상황.

“저도 잘 모르겠습니다. 제가 그들의 행동을 읽을 수는 있지만 그걸 토대로 예측하는 건 아직 미숙해서…….”

“하긴 그렇겠지.”

범죄심리학은 범죄자를 대상으로 한다.

행동심리학은 일반적인 대상을 가지고 판단할 수는 있다.

하지만 경제인, 그것도 상위 0.000001%의 선택을 일반적이라고 보기에는 자료가 부족하다.

그에 대해 잘 아는 사람이 있어야 했다.

“이건 아무래도 잘 알 만한 사람에게 물어봐야겠군.”

유민택이 지금 생각나는 사람은 한 명뿐이었다.

“이건 뭐…….”

노형진은 유민택의 말을 들으며 혀를 끌끌 찼다.

“대놓고 제게 전해지라고 한 행동이네요.”

“비서도 그러더군. 하지만 이유는 모르겠어. 우리를 공격할 거라면 그런 행동은 하지 않았겠지."

"흠……."

노형진은 잠깐 고민하다가 씩 웃었다.

"우리를 빼고 생각하지요."

"뭐?"

"우리를 빼고 생각하자고요."

"나를 모욕하고 우리에게 적대감을 드러냈는데?"

노형진은 고개를 끄덕거렸다.

두한은 바보가 아니다.

"그놈들은 음험한 놈들입니다. 아시지 않습니까?"

"그렇지."

"우리가 이렇게 고민할 거란 것도 알 겁니다."

"그럴 테지."

그걸 모르고 설계를 하지는 않았을 것이다.

"그리고 저라면……."

노형진은 잠깐 침묵을 지켰다.

두한과의 오래된 싸움. 그 시간 동안 그들의 성향을 분석했던 노형진은 한 가지 다른 가능성을 세웠다.

"우리가 아니라 다른 사람, 혹은 다른 곳을 노릴 수도 있겠군요."

"그게 무슨 소리야? 우리를 적대했는데?"

"그래서 우리를 빼자는 겁니다."

노형진은 자리에서 일어나서 냉장고로 향했다. 그리고 생수를 꺼내 쭈욱 들이켰다.

“날씨가 덥군요.”

“장난하지 말게. 그놈들에게 그런 무례를 당하고도 참는 데에도 한계가 있네.”

전쟁을 하지는 않겠지만 유민택이 화가 나지 않을 리 없다. 당연히 두한과 대룡의 관계는 순식간에 냉각될 수밖에 없다.

“그래서 그랬을 겁니다.”

“이해가 안 가는군.”

“두한과 대룡은 사실 거의 왕래가 없는 기업이지요.”

사업이 겹치는 부분이 있기는 하지만 그건 라이벌이지 동업자는 아니다.

같이 하는 부분은 아예 없다.

“쉽게 말해서 냉각된다고 해도 분위기만 흉흉해질 뿐 딱히 문제가 생기긴 어렵지요. 더군다나 합당한 이유도 있으니까요.”

노형진이라는 존재.

두한의 철천지원수, 그리고 대룡의 가장 믿을 만한 동맹.

“알고 있네. 그런데 날 무시했다니까?”

“그러니까 우리를 빼야 한다는 겁니다.”

“어째서?”

“그들이 가리키는 방향이 이쪽이니까요.”

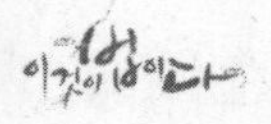

"응?"

노형진은 손가락을 들어서 한쪽을 가리켰다.

"뭐가 보이시나요?"

"책장이 보이네만. 그런데 저거랑 이번 일이 무슨 관계……?"

고개를 옆으로 돌렸다가 다시 앞으로 향하려고 하던 유민택은 흠칫했다.

자신의 뺨에 뭐가 닿았기 때문이다.

흠칫하던 그가 고개를 돌려 보니 거기에는 노형진이 방금까지 먹고 있던 찬 생수병이 있었다.

"뭐 하는 건가?"

"이게 저들이 노리는 겁니다."

"두한이?"

"그렇습니다. 저들은 손가락으로 저 책장을 가리킨 거지요. 하지만 다른 손으로는 다른 일을 준비하는 겁니다."

"책장을 가리킨다?"

"그런 일이 벌어졌습니다. 다른 곳도 아니고 경제인의 밤에서요. 거기서 대놓고 차기 회장인 이문소가 유 회장님을 무시하고 술주정을 했습니다."

노형진은 물병을 테이블에 올려 두고 소파에 기대앉았다.

그 또한 처음에는 그들의 의도를 잘 몰랐지만 그들의 성향과 기업 문화를 생각해 보니 뭘 노리는지 알 수 있었다.

"당연히 그 자리에 있던 모든 기업인들의 관심이 쏠릴 수밖에 없습니다."

"으음……."

유민택은 노형진이 뭘 말하는지 알아차렸다.

"유 회장님 생각에, 당분간 다른 기업들은 어떤 판단을 하겠습니까?"

"아마도 사이가 틀어졌다고 생각하겠지."

그리고 양쪽이 싸울 수도 있다고 생각할 것이다.

아니, 그럴 가능성이 높다.

"어제 벌어진 일이지요. 사실 단순 술주정입니다. 어찌 되었건 이문소는 회장님보다 직급도 낮고 나이도 어린 사람이지요."

자존심은 상할지 모르지만 그가 조용히 사과하면 쉽게 넘어갈 수도 있는 일이다.

"그런데 안 합니다. 물론 진짜 자존심 때문일 수도 있지만, 작전일 수도 있지요."

"그렇겠군."

유민택은 자신이 다른 기업의 회장이라고 생각하고 다음 행동을 예상하기 시작했다.

대룡의 입장을 완전히 제외하고 말이다.

그러자 답이 나왔다.

"이익을 노리겠지. 경제인이란 그런 놈들이니까."

당연히 양쪽의 싸움에서 최대한의 이익을 얻기 위해 노력할 것이다.

실제로 성화를 그렇게 잡아먹었으니까.

"하지만 어떤 상황인지는 모를 테니 정보 라인이 우리에게 집중되겠군."

다른 기업들의 정보 라인이 노형진과 대룡에 집중되기 시작할 것이다.

"지금 두한은 우리를 가리키고 있는 거지요. 저쪽을 봐라, 저쪽에서 일이 벌어질 것이다."

유민택의 얼굴에 썩은 미소가 떠올랐다.

"우리가 그렇게 만만했나?"

"만만했다기보다는 합당한 대상인 거죠."

작은 곳과 트러블을 만들었다가는 거기서 살려 달라고 빌기 시작할 테니 자기들만 나쁜 놈들이 된다.

그렇다고 재계 1위를 건드릴 수는 없다.

그쪽에서 진짜로 빡쳐서 전쟁에 들어가면 곤란하다.

"적당한 인내심을 가지고 있고 또 적당하게 자신들과 급이 맞지만 절대 싸움은 일어날 수가 없는 상황을 만들어야 하지요."

"그건 우리군."

겹치는 것도 거의 없고 왕래도 거의 없다.

싸운다고 해도 손실도 없다.

하지만 외부에서 봤을 때 이 두 집단의 싸움은 아주 심각해 보일 것이다.

"이런 걸 손바닥으로 하늘을 가린다고 하지요."

물론 그게 성공할 자신이 있으니까 저러는 것이겠지만 말이다.

"그렇게 손바닥으로 하늘을 가리면서까지 하려고 한다면 절대 작은 일은 아닐 겁니다."

"그렇겠군. 과거 두한의 행동을 보면 말이야."

유민택은 딱딱한 표정으로 고개를 끄덕였다.

그들은 기업들을 잡아먹고 고의 부도를 시키면서 돈을 벌었던 놈들이다. 그렇게 해서 번 돈이 수천억이다.

알려지지 않은 것까지 생각하면 수조 원의 돈을 빼앗았을 것이다.

"물론 지금과 그때는 상황이 좀 달라지기는 했겠지만요."

"우리가 그들과 싸울 거라고는 생각하지 않는 건가?"

"그런 생각을 할 수도 있겠지요."

하지만 그다지 큰 싸움이 될 가능성은 없다고 볼 것이다.

그사이에 그들은 큰 건을 하나 할 테고 말이다.

"아마 그쪽은 우리 쪽으로 정보력을 투사하고 있을 겁니다."

"우리와는 안 싸운다며?"

"그러니까요. 외부에서는 사이가 틀어진 걸로 보여야 하니까요."

더군다나 정보력을 이쪽으로 향하기 시작하면 외부에서 봤을 때는 그렇게 받아들일 수밖에 없게 된다.

"하지만 뭔가 하려고 한다면서, 그럴 여력이 될까?"

"아마도 그쪽은 준비가 다 끝났을 겁니다. 그렇지 않고서야 이렇게 공공연하게 관심을 끌겠습니까?"

"아! 그렇겠군."

모든 준비가 끝나야 일을 시작할 수 있다.

그리고 그 일은 결코 깨끗한 일일 리는 없을 테고 말이다.

유민택은 씁쓸한 표정으로 중얼거렸다.

"우리는 뭘 해도 손해군."

그들에게 아무런 대꾸도 하지 않고 무시해도 겁먹었다는 소리가 나올 것이다.

반대로 적극적으로 나선다 해도 대룡이 규모가 작으니 불리하다.

"자네는 어떻게 생각하나?"

노형진은 유민택의 말에 턱을 문질렀다.

'예상은 예상일 뿐이지만 말이지.'

문제는 어느 쪽을 선택하든 저쪽에 끌려다니게 될 가능성이 높다는 것이다.

'나중에 또 이문소가 사과를 하겠지.'

100% 그럴 거라고 봐야 한다.

유민택 스스로가 말했지만 돈과 회사를 위해 그들은 기꺼이 자존심을 버릴 수 있는 자들이다.

그건 그들뿐만이 아니라 누구라도 마찬가지다.

'그리고 한국의 문화를 생각하면 자연스럽게 용서해 주라고 주변에서 압박할 테고.'

한국에는 용서를 피해자의 권한이 아니라 주변의 권한이라고 생각하는 사람들이 많다.

그래서 가해자가 피해자에게 사과하지 않고 주변에 사과하면 무조건 용서하라고 압박하는 문화가 있다.

'더군다나 술을 처마시고 그랬단 말이지.'

술 먹고 저지르는 실수에 관대한 한국 문화상, 이문소가 유민택에게 한 행동은 더욱 쉽게 용서할 수 있을 것처럼 느껴질 것이다.

물론 회장이라는 직책 때문에 애매하기는 하지만, 회장이기에 더 문제다.

받아들이지 않는다는 건 전쟁 발발을 의미하니까.

"제가 전에 한 말이 있지요, 의외로 부자들은 예의 바르다고. 그 이유는, 싸움이 시작되는 순간 총력전이 되기 때문에 차라리 처음부터 예의를 지키려고 하는 거지요. 만일 그쪽에서 죄송하다고 나오면 어떻게 하시겠습니까?"

"받아들이는 것처럼 행동하겠지."

노형진의 말에 유민택은 길게 한숨을 내쉬었다.

"살다 살다 내가 도구로 이용되다니, 기가 막히는군."

"옛날에는 안 그랬나요?"

"옛날에는…… 그랬지, 그랬어."

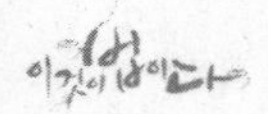

두한과 다르게 대룡은 그가 직접 일군 회사다.

당연히 아래에서 죽어라 이용당하고 굴러야 했다.

"두한은 과거부터 부자였지요. 그런 그들에게 있어서 유대표님은 바깥에서 돌던 자들과 별반 다를 게 없는 사람일 겁니다. 선민의식이란 그런 거거든요."

유민택은 씁쓸한 얼굴이 되었다.

생각해 보니 그랬다. 그가 일군 회사. 그 말은 그가 1세대라는 거다.

순위가 그보다 아래에 있는, 그래서 경제인의 밤에도 눈치를 보던 사람들.

그들이나 그나 똑같다.

다른 건 그가 좀 더 일찍 성공했고, 그래서 나름 높은 순위권에 안착했다는 거다.

"선민의식의 가장 큰 발현점이 바로 혈통이지요."

두한 입장에서는 자신들이 원래부터 그런 재벌이었다고 생각할 것이다.

그런데 그게 틀린 말은 아니다.

두한이라는 기업 자체가 친일파 기업인이 일제강점기에 만든 회사에서 시작된 것이고 그들이 일제강점기가 끝난 후 권력을 잡고 성장한 케이스니까, 혈통적으로 보면 원래부터 부자인 것이 맞다.

"그리고 제 기억이 맞는다면 조상이 작위도 있었지요?"

"큭."

유민택은 피식 웃었다.

"그렇지, 작위도 있지."

조선 시대에는 양반이었으나 대한제국에서 백작이 되었고, 그 후에 일제시대에 다시 일본으로부터 남작 위를 받았다.

"혈통적으로 자부심이 참 대단하군."

유민택은 비웃듯 말했다.

"그런 건 알겠는데, 그럼 난 그냥 당하고만 있어야 한다는 건가? 내가 아무리 그들보다 급이 낮다지만 그렇다고 해도 이런 취급을 받는 건 상당히 기분 나쁜데."

"물론 이런 취급을 받아서 기분 나쁘실 겁니다. 하지만 그래서 더 좋은 거지요."

"무슨 말인가?"

"그들이 뭘 하든 시선을 돌리는 목적으로 유 회장님을 이용했습니다. 그 정도 건수가 작을까요?"

"음?"

"만일 굳이 그처럼 시선을 돌려 가면서까지 성사시키고 싶어 하는 건수를 찾을 수 있다면 어떨까요?"

그러자 유민택이 관심을 보였다. 그게 가능하다면 거기서 적지 않은 수익을 낼 수도 있을 테니까.

"하지만 그 정도 건수가 되는 걸 찾는 게 쉬울까?"

"모르지요. 사람들이 잘 모를 뿐이지, 돈이 될 만한 곳은

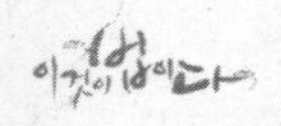

여러 곳입니다."

특히나 돈 놓고 돈 먹기라는 문제에서는 더더욱 그렇다.

"자네가 찾아 줄 수 있겠나? 이대로 당하기만 하기에는 내가 좀 화가 나는군."

그 화를 풀기 위해서는 거기서 수익을 좀 빼돌리든가, 아니면 최소한 자신이 그 일을 파토 내고 싶은 게 유민택의 기분이었다.

하지만 노형진의 말대로 두한이 자신과 대룡을 감시한다면 도리어 역습당할 수도 있으니 대룡의 정보 라인이 움직이는 장면을 보여 줄 수는 없다.

"제가 한번 알아보겠습니다."

노형진은 살짝 웃으며 말했다.

⚖

노형진이 가장 먼저 움직인 것은 새론의 정보 팀이 아니었다. 그들이라면 새론의 정보 팀을 감시할 거라 예상하는 건 어려운 일이 아니었기 때문이다.

더군다나 노형진을 만나러 유민택이 왔다 갔다는 걸 알고 있을 테니 더더욱 그럴 게 뻔했다.

무엇보다 노형진이 가진 가장 강력한 정보 라인은 새론이 아니었다.

물론 기억을 읽는 게 가장 확실하지만, 접근할 수도 없고 또 접근한다고 해도 뭔지 모르는 상황에서 특정 기억을 찾는 건 시간이 너무 오래 걸렸다.

그래서 노형진이 찾아간 사람은 하등 문제가 없는 사람이었다.

"그래서 날 찾아왔다?"

"안당 마님이라면 아실 테니까요."

"고얀 놈, 이제는 늙은이를 부려 먹어?"

"전혀 아니지요. 안당 마님이 움직이는 건 아닐 테니까요. 부하 누구 시키시지 않겠습니까? 저는 어르신을 귀찮게 할 생각이 눈곱만큼도 없습니다."

"저런 놈을 변호사라고 쓴다니, 쯧쯧."

안당은 혀를 차면서 머리를 흔들었다.

"다른 변호사는 날 만나기는커녕 인사도 못 했는데 말이지."

"다른 변호사는 안당 마님의 문제를 해결해 드리지도 못했지요."

"하여간 말 한마디를 지지 않으려고 하는구먼."

안당은 곰방대를 내려 두면서 눈을 찌푸렸다.

그리고 옆에서 뭔가를 꺼내 들었다.

그걸 본 노형진은 놀랐다.

진짜 놀랐다.

"그거 전자 담배 아닙니까?"

그가 아는 안당의 모습에서 빠지지 않는 것이 바로 곰방대다.

21세기에 무슨 곰방대인지 모르겠지만, 그녀는 최후의 순간까지 그걸 고수했다.

'하긴 생각해 보면 그 최후의 순간은 벌써 오래전에 지나갔지.'

부하의 배신으로 죽었을 그녀는 노형진 덕분에 멀쩡하게 살아 있었다.

"나이를 먹으니 건강을 챙기라고 하도 성화라서."

"건강을 챙기시려면 담배를 아예 끊으시는 게……?"

"살날이 얼마나 남았다고 내 모든 즐거움을 포기하겠누. 그냥 적당히 즐기다 가야지."

노형진은 입맛을 다셨다.

그녀의 말이 맞다. 그녀는 이제 나이가 있다.

'다행히 치매가 오지는 않았다지만…….'

하지만 그녀는 확실히 힘이 빠지고 있었다.

그래서 그녀가 손예은 변호사를 밀어주는 것이다. 자신을 대신할 누군가로 말이다.

당장 과거에 비해 그녀의 얼굴은 많이 핼쑥해졌다.

"늙은이 부려 먹으면 나중에 벌받아."

"그 대신 제가 그만큼 더 일해 드리지 않습니까?"

"그거야 그렇지."

곰방대 대신에 전자 담배를 빠는 그녀의 모습.

그게 어쩐지 이제는 시대가 바뀌어 간다는 걸 보여 주는 것 같았다.

"그렇지 않아도 그 일 때문에 좀 시끄러웠지."

"그 일요?"

"경제인의 밤 말이야."

"여기까지 그 이야기가 들어왔습니까, 벌써?"

"그런 곳에 사람을 보내는 게 누군데?"

"아……."

그런 곳에서 접대하거나 서빙하거나 하는 사람을 아무나 쓸 리 없다.

요리야 호텔 주방장이 한다지만, 대학생 아르바이트생에게 접대를 시킬 수는 없으니까.

"두한이 왜 그런 짓을 했나 싶었지. 이상주 그놈이 그렇게 멍청한 놈은 아니거든. 뭐, 이문소 그놈은 병신이기는 하지만, 그렇다고 해서 그렇게 주제 모르고 날뛰는 놈은 아니고."

"의심이 가시는 게 있나요?"

"모르지. 이번에는 나도 몰라. 워낙 꽁꽁 감추고 있어서 말이지."

안당 마님의 말에 노형진은 실망할 수밖에 없었다.

"특히나 지난번에 말실수하고 나서 자네한테 제대로 털렸잖나?"

"그랬지요."

"그 이후에는 진짜 말조심시키는 모양이야."

고의 부도 사건의 경우는 안당 마님의 술집에서 그 당시 작전을 시행했던 놈이 술에 취해서 한 일을 떠벌리는 바람에 문제가 되었다.

그리고 그 이후에 관련자들에게 대해 어마어마한 통제를 가하고 있다고 한다.

"아무리 우리라고 해도 우리 가게에 관련자들 자체가 오지 않으면 들을 만한 것도 없지."

"보안에 엄청나게 신경을 쓰는군요."

"그래, 뭘 하는지는 모르겠지만 말이야. 아니, 뭘 하는지도 몰랐지, 네놈이 말하기 전까지는."

"흠."

노형진은 입맛을 다셨다.

무언가 큰 건을 벌이고 있는 것은 확실하다.

하지만 그게 뭔지 알 수가 없었다.

"하지만 의심스러운 놈은 있지."

"네? 의심스러운 놈요?"

"그래. 남자 새끼들이란 게 다 그렇잖아?"

전자 담배를 빠끔거리면서, 안당은 눈을 찌푸렸다.

"맛이 없네, 맛이."

"건강을 위해 조절하세요."

"끄응, 나 같은 노인네가 살날 얼마나 남았다고."

그러면서도 다시 곰방대를 잡지는 않았다.

번갈아 피우며 시간을 줄이는 모양이었다.

"한 놈이 안 와."

"그게 무슨 말씀이십니까?"

"차철후라고, 발정 난 놈 하나 있거든."

"발정 난 놈요?"

"정확하게는 하루가 멀다 하고 접대받던 놈이 하나 있어. 일주일에 서너 번은 가게에 와서 접대받는 놈이야."

"어디서 근무하는데요?"

"보험회사."

"네? 보험회사요?"

뜬금없는 말에 노형진은 고개를 갸웃했다.

도대체 보험회사가 여기서 왜 튀어나온단 말인가?

"아니, 보험회사가 무슨 돈 벌 거리가 있다고요?"

"나야 모르지. 하지만 그렇게 하루가 멀다 하고 접대를 받던 놈이 갑자기 발을 딱 끊었단 말이지."

"뭐, 잘리거나 한 거 아닙니까?"

노형진은 고개를 갸웃하며 물었다.

"그런 말이 있지 않습니까? 정승네 개가 죽으면 문상을 가도 정승이 죽으면 안 간다고."

접대도 그가 힘이 있는 자리에 있을 때의 이야기다.

"나도 그런 줄 알았거든. 그런데 같이 다니던 놈 말로는 뭐 무슨 팀으로 갔다던데?"
"무슨 팀요?"
"자기는 모른대."
"친했나요?"
"같이 접대받던 놈이야."
노형진은 턱을 스윽 문질렀다.
"그러면 이상하군요."
이런 곳에 같이 접대를 받으러 다니던 사람이라면 차철후가 다른 곳으로 갔다고 해도 그 팀 이름 정도는 알아야 한다. 그런데 모른다?
"혹시 능력이 좀 있었나요?"
"있었지."
"술도 잘 마시고?"
"잘 마시지."
노형진은 잠깐 고민했다.
접대를 받던 사람이 갑자기 다른 곳으로 가면서 가게에 오지 않는 것이 이해가 가지 않았으니까.
"무능력하면 모르지만 능력이 있다라……. 직책이 뭔데요?"
"부장급이었지, 아마?"
"부장요?"
확실히 두한보험쯤 되면 접대를 받을 만한 위치다.
"그런데 어디로 갔는지도 모르고요?"

“전혀 모른다고 하더군.”

부장급의 인사이동은 외부에 공지하는 게 보통이다. 그런데 공지도 하지 않았다면…….

“그쪽이 아무래도 이쪽 같네요.”

“그러니까 내가 이해가 안 가는 거야.”

아무리 보험회사가 돈이 된다고 해도 뭔가를 비밀리에 하기에는 부적당하다.

보험이라는 게 뭔가? 기본적으로 가입자에게 무슨 일이 생겼을 때 돈을 지급해 주는 거다.

“그쪽에서 우리까지 써 가면서 눈을 돌려야 하는 일이 뭔지 전혀 모르겠군요.”

“거기에다 더 웃긴 게 뭔지 알아?”

“뭔데요?”

“정부에서도 뭔가 준비 중이라고 하더군.”

“네?”

뜬금없이 정부라는 말에 노형진은 더 이해가 안 갔다.

“뭘 준비하는데요?”

“주영진을 때린다는데?”

“주영진요?”

주영진은 지금 잘나가는 연예인이다.

“그 사람을 왜 때려요, 갑자기?”

“나도 모르지. 그저 우리 쪽에 다니는 정치국장이 한 말이

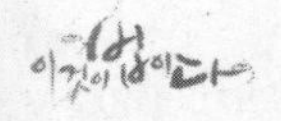

니까."

"음……."

정치국장, 그러니까 방송국에서 정치 쪽 문제를 담당하는 직원이다.

그런데 주영진은 연예인이다.

정치국장과 연예인.

전혀 상관없어 보이는 두 사람.

하지만 그들에게 접점이 생기고 정부에서 연예인을 이용하려고 한다면 이유는 하나뿐이었다.

"눈을 가리려고 하는 거군요."

정부에서 뭔가 공개하고 싶지 않거나 또 감추고 싶을 때 가장 많이 쓰는 방법이 바로 연예인 관련 문제를 터트리는 것이다.

물론 그 급은 상황에 따라 다르지만, 주영진이라면 사건이 절대 작지는 않다는 소리다.

그는 좋은 이미지의 대표적인 연예인이고 톱클래스의 지지도를 가지고 있다.

그가 음주 운전이라도 했다 하면 언론에서 그걸로 못해도 일주일은 사골처럼 우려낼 거다.

"나도 아는 게 딱 여기까지야."

안당 마님도 오랜 경험상 그 두 개가 관련이 있다는 걸 추측은 했지만 음지의 정보가 그렇듯 확실하게 정보를 얻는 데에는 한계가 있었다.

"그러면 방법은 하나뿐이네요."

"뭔데?"

"그 정치국장 이름이 뭡니까?"

그가 아는 게 뭔지에 따라 아마 상황이 좀 바뀔 것이다.

손바닥마저 가짜네?

정팔광. 그는 종편 방송국의 정치국장이었다.

물론 종편이 공중파보다 파급력이 약하기는 하다.

'하지만 사용하기는 아주 좋지.'

특히 현재 종편은 현 정권과 아주 친하다.

그런 만큼 그들이 뭘 하든 무조건 따를 수밖에 없다.

'뭔지 모르지만 작정한 것 같군.'

사실 지금 공중파도 현실적으로 보면 아예 갈려 나간 상황이다.

즉, 현 정부에서 여론 통제를 공중파가 아닌 종편에서 시작한다는 것은, 공중파에서도 터트릴 때 반대를 받을 가능성이 있는 문제라는 소리다.

'그리고 조작일 가능성이 아주 높은 거지.'

조작이 아니라면 어디서 터트리든 문제가 되지 않을 테니까.

하지만 그게 뭔지 알아내는 것이 확실히 골칫거리였다.

물어본다고 해서 넙죽 대답해 줄 리 없고.

'그러면 가서 기억을 읽어 보면 되는 거지.'

노형진은 슬쩍 안경을 밀어 올렸다.

지금 노형진은 누가 봐도 못 알아볼 모습이었다.

커다란 안경을 쓰고 반쯤 벗겨진 대머리 가발, 거기에 나이 들어 보이도록 한 화장에 오래된 잠바, 카메라까지.

누가 봐도 나이 좀 먹은 기자로 오인하기에 딱 좋은 모습이었다. 그리고 노형진이 원하는 게 그거였다.

'나오는군.'

노형진은 집에서 나오는 정팔광을 보면서 미소 지었다.

그가 회사에서 나오는 것을 잡는 것은 힘든 일이다.

하지만 아무리 정팔광이 나름 사회적으로 성공한 사람이라고 해도, 집에서 혼자 나오는 경우가 아예 없을 수는 없다.

물론 그는 낮에는 운전기사와 함께 움직이는 경우가 많다.

하지만 밤에는 운전기사가 퇴근하기 때문에 그 혼자 움직여야 한다.

더군다나 가까운 거리에 가는 거라면 더더욱 그럴 것이다.

정팔광은 편한 복장으로 느긋하게 나와서 움직이고 있었다. 방향을 봐서는 아마도 편의점으로 뭔가를 사러 가는 듯

했다.

'이 시간에는 사람이 별로 없지.'

노형진은 조용히 그를 따라가다가 그가 코너를 도는 순간 갑자기 튀어 나가서 그의 어깨에 손을 올렸다.

"허억!"

갑자기 누군가 손을 올리자 기겁하는 정팔광.

노형진은 그가 당황한 그때를 노리고 질문을 퍼부었다.

"정팔광 씨?"

"누구?"

"조국일보의 조수만 기자입니다. 지금 주영진 씨에 대한 중요한 정보를 얻었다는 소문이 있던데요. 그게 뭡니까?"

"너 뭐야?"

정팔광은 당황할 수밖에 없었다.

조국일보면 그가 일하는 방송국의 모회사니까.

모회사에서 그를 왜 취재하러 온단 말인가?

"주영진 씨에 관해 정부에서 정보를 얻었다고, 아니 오더가 떨어졌다는 걸 알고 있습니다. 그게 뭔가요?"

노형진은 여전히 정팔광의 어깨를 붙잡고 있었다.

정팔광이 멀쩡한 상황이었다면 뭔가 이상하다는 것을 이미 알아차렸을 것이다. 기자라는 인간이 카메라도 쓰지 않고 어깨를 잡고 질문을 던지고 있으니까.

"난 몰라! 모른다고!"

하지만 정팔광은 다급하게 부정하면서 도망가려고 했다.

그리고 그 짧은 찰나, 기억이 노형진의 머릿속으로 흘러들어 왔다.

-뭐지? 이 새끼, 어떻게 안 거지? 오더가 떨어진 건 아직 기밀인데?

'빙고.'

노형진은 살짝 웃었다.

그리고 그의 어깨를 잡은 손에 더 힘을 줬다.

"다 알고 왔습니다. 그 정부에서 내린 오더가 뭔가요?"

"아니, 난 그런 거 모른다니까!"

'싫다고 하지만 머리는 정직하지.'

걸리는 게 있으면 인간은 그에 대해 계속 생각하기 마련이다.

물론 그걸 외부에서 알 수는 없지만, 노형진에게는 기억을 읽어 내는 능력이 있었다.

"그래서 정부에서 시킨 게 그건가요?"

"아니, 난 모른다니까! 어? 그러고 보니 너 기자 맞아? 너 소속 어디야!"

그제야 정신을 차리고 도리어 캐물으면서 노형진을 잡으려고 하는 정팔광.

뭔가 이상하니 경찰서로 끌고 가려 하는 것이다.

물론 노형진이 그에 잡혀 들어갈 사람이 아니었다.

'내가 도망갈 줄 알고?'

노형진은 도망갈 생각이 없었다.

"그러면 개인적인 취재라도 부탁드립니다. 정팔광 씨가 열아홉 살짜리 소녀를 내연녀로 두고 오피스텔까지 줬다는 게 사실입니다?"

"뭐…… 뭐라고?"

"그런데 그 내연녀가 따님 친구분이라면서요? 그것에 대해 따님은 어떻게 생각하십니까!"

"아니…… 그게 무슨……."

상대방이 도망가게 만드는 것. 그건 어렵지 않다.

상대방이 대꾸하지 못할 만한 것을 자꾸 물어보면 된다.

그리고 그러한 정보는 정팔광의 머릿속에 충분히 있었다.

"더군다나 그 아이의 어머니는 아내분의 친구이신 걸로 알고 있는데요. 아내분은 뭐라고 하시나요? 아십니까?"

"아…… 아니…… 난 몰라! 모른다고!"

정팔광은 아차 싶었다.

만일 여기서 경찰이 오면 그의 모든 사항이 아내와 딸에게 전해질 수밖에 없다.

그렇게 된다면 그의 인생은 말 그대로 박살 날 것이다.

"난 몰라!"

"어디 가십니까! 정팔광 씨! 정팔광 씨!"

"아, 모른다고! 난 그런 사람 아니야!"

그가 다급하게 도망가자 노형진은 조금 따라가는 척하다가 발걸음을 멈췄다. 그리고 고개를 내저으며 피식 웃었다.

"그렇게 도망갈 거면서 뭘 그렇게 날 엿을 먹이겠다고 결심을 해?"

노형진이 기억을 읽었을 때 정팔광은 그에 대해 보복하겠다는 생각을 하고 있었다.

그래서 노형진이 몰아붙인 것이지만 말이다.

"이걸로 끝난 것 같군."

노형진은 정팔광에 대해 더 이상 신경 쓰지 않기로 했다.

일단 도망간 이상 정팔광은 노형진에 대해 조사할 수가 없다.

자신의 아내와 딸에게 버림받기 싫으면 말이다.

"그나저나 주영진에 관해 그런 작전이 실행 중이었나?"

노형진은 눈을 찌푸리며 말했다.

주영진은 한국에서 아주 잘나가는 연예인이다.

그런 그에 관해 뭔가를 하고 있다고 듣기는 했지만, 이건 생각보다 큰 건이었다.

"주영진 씨를 한번 만나서 이야기해 봐야겠군."

⚖

"제 혼외자요?"

주영진은 노형진이 자신을 만나러 왔다는 말에 고개를 갸웃했다.

그가 방송인이자 MC로 유명하고 노형진이 연예계에 미치는 영향력이 대단하다지만, 접점이 전혀 없었기 때문이다.

심지어 그가 속한 회사 역시 노형진이 만든 엔터테인먼트 협동조합에 속해 있지도 않다.

그런데 노형진이 조용히 만나러 오더니 대뜸 꺼낸 화제가 그의 혼외자 이야기였다.

"저, 질 나쁜 농담은 싫어합니다."

주영진은 기분 나쁘다는 표정으로 말했다.

그가 아무리 호인이라고 하지만 이건 농담으로 받아들이기에도 더러운 말이었다.

"저는 결혼을 했고 아이까지 두 명이나 있습니다. 그런데 제 혼외자요? 진짜 기분 나쁘군요."

"압니다. 하지만 그래도 아셔야 하니까 말씀드리는 겁니다."

노형진은 주영진을 보면서 차갑게 말했다.

"이 이야기의 출처가 지라시가 아닌 정부, 정확하게는 국정원이니까요."

주영진은 움찔했다.

"그…… 그게 무슨 말씀이십니까? 제가 뭘 어쨌다고……."

"당신이 뭘 잘못한 건 아니죠. 다만 당신도 남자라는 게 문제입니다."

"무슨 소리입니까? 제가 남자인 게 무슨 관계가 있다고요."

"저도 이럴 줄은 몰랐습니다만."

원래는 국가의 적이나 해외의 정보에 집중해야 하는 국정원이 증거를 조작하고 비밀을 은폐하는 데 매달린 거야 노형진도 잘 알고 있었다.

하지만 이런 더러운 짓까지 할 줄은 몰랐다.

"주영진 씨는 아내분을 만나기 전에 얼마나 많은 분들을 만나셨습니까?"

"왜 그런 걸 자꾸 묻습니까? 노 변호사님은 이런 성격이 아니라고 들었는데 제가 잘못 알았나 보군요."

발끈하는 주영진에게 노형진은 차가운 물을 건넸다.

"기분은 나쁘실 겁니다. 하지만 국정원이 얽혀 있으니 현실적으로 듣고 판단하셔야 합니다."

"으음……."

"저는 주영진 씨의 편이지 적이 아닙니다."

"후우, 알겠습니다."

그는 일단 심호흡을 하면서 마음을 진정시켰다.

그가 아는 바로는 노형진은 올바른 사람을 도와주는 사람이니까.

"저도 뭐, 나름 여자를 많이 만났지요."

고개를 끄덕거리는 주영진.

"아, 물론 그건 어디까지나 아내를 만나기 전에……."

"압니다. 사실 그러지 않는 게 이상한 거지요."

매너 좋고 착하고 인기도 많은 사람이다.

거기에다 그 당시에는 교제하는 사람도 없었고 말이다.

적극적으로 대시하는 여자가 전혀 없었다면 그게 오히려 이상한 거다.

농담이 아니라 한 번의 방송 출연으로 몇천씩 받는 연예인을, 그것도 그런 프로그램에 일주일에 최소 여섯 번 이상 출연하는 연예인을 싫어하는 사람은 드물 것이다.

"그렇다고 해서 제가 뭐 나쁜 짓을 하거나 미성년자에게 손댄 적은 절대로 없습니다."

"제가 뭐라고 하는 게 아닙니다."

그는 성인이고, 그가 누구와 관계를 맺었든 그건 그의 성적 자기 결정권 문제였다.

그리고 그건 헌법에서도 인정한 부분이고.

"물론 가끔 좀, 그러니까 질척거린 사람이 없는 건 아니지만……."

"하지만 적절하게 잘 대응했다 이거지요?"

"네. 최소한 제가 양다리는 안 걸쳤습니다."

만나게 된다고 하더라도 그 여자 하나만 만났고, 헤어질 때도 최대한 좋게 헤어지려고 노력했다.

물론 그렇게 되지 않은 경우도 있기는 하지만.

"그러면 그냥 원나잇 한 경우는요?"

"네?"

"원나잇 말입니다. 여자랑 밤을 보내고 다시는 안 본 경우는요?"

"그런 게……."

주영진은 잠깐 눈을 데굴데굴 굴리다 입을 열었다.

"아예 없는 건 아닙니다만……."

"제가 그걸 가지고 뭐라고 하는 게 아니라니까요. 그건 당사자들의 문제일 뿐입니다."

"쩝……. 연예인들은 그런 유혹에 자주 빠지지 않습니까? 그런데 왜 그런 걸 자꾸 물어보시는 겁니까? 제가 가족이 있는 사람인지라 좀 많이 불편하네요."

최소한 그는 결혼을 하고 아이가 생기고 하는 와중엔 절대로 부도덕한 일을 하지 않았다.

"그게 말입니다."

노형진은 씁쓸하게 웃었다. 하긴 그가 생각해도 이런 미친 짓을 국가 단위에서 할 줄은 몰랐으니까.

아마도 정팔광이 아니었다면 이 모든 게 터졌을 테고, 누구도 진실을 알지 못한 채로 주영진의 인생은 박살이 났을 것이다.

"그 원나잇 한 여성 중에 국정원 요원이 있습니다."

"네?"

주영진은 어이가 없다는 표정이 되었다.

"아니, 왜요?"

"그들에게 미인계는 뭐 흔하게 쓰는 방식이니까요."

"그러니까 왜요? 제가 뭐 정치인도 아니고 간첩도 아니고 그냥…… 그러니까 연예인입니다. 제가 아무리 잘나가도 정치인들하고 싸울 생각은 없습니다. 정치 쪽으로는 나갈 생각이 눈곱만큼도 없고요."

도리어 그는 노형진처럼 정치와는 거리를 두려고 노력하는 타입이었다.

실제로 많은 정당들이 정치를 해 보라고 그를 꼬시기도 했다. 그의 좋은 이미지만 있으면 당선은 확실시되니까.

하지만 주영진은 그게 도리어 자신의 이미지를 까먹는다는 것을 알고 있기에 정치인들과는 개인적인 친분도 만들지 않으려고 했던 사람이다.

"일종의 미끼 노릇을 한 겁니다."

"미끼 노릇?"

"그렇습니다. 저도 최근에 알았습니다만."

정부에서 시선을 돌리기 위해 연예계를 써먹는 경우는 많다. 아주 많다.

하지만 아주 큰 건은 어지간한 사건으로 덮이지 않는 경우가 있었다.

"그런데 그거랑 무슨 관계라는 거지요?"

"만일 갑자기 주영진 씨에게 혼외자가 있다는 이야기가 터지면 어떻게 될까요?"

"그러니까 그럴 리 없다니까요."

그건 불가능하다.

주영진의 아이들은 각각 네 살과 세 살이다.

거기에다 결혼하고 바로 아이가 생긴 것도 아니고 1년 뒤에 첫아이가 생겼다.

"그사이에 제가 다른 여자를 만났다고요? 전 절대 그런 적 없습니다. 저도 제 이미지가 어떤지 압니다. 그 이미지를 사람들이 좋아하는 것도 알고요. 바람은커녕 손이라도 잡았다가는 제 이미지가 박살 나고 퇴출될 텐데 제가 그럴 리가 없지 않습니까?"

그래서 그는 언제나 조심했고, 결혼하고 나서는 혹시나 해서 여자와 단둘이 있는 상황도 피했다.

"그런데 어떻게 혼외자가 생깁니까? 제가 무슨 눈을 마주치는 걸로 임신시킬 수 있는 초능력자도 아니고."

"결혼하기 전에 만난 여성들은요? 그들을 만난 게 잘못은 아니니까요. 혼외자라는 게 갑자기 생기는 것만 뜻하는 건 아닙니다. 혹시나 이미 한참 전에 태어나서 자라고 있을 수도 있는 일입니다."

그 말에 주영진은 격하게 고개를 흔들었다.

"하지만 저는 콘돔은 무조건 착용했습니다. 저 바보 아닙니다. 그리고 진짜 혼외자가 태어났다면 이미 나왔어야지요.

만일 제가 실수로라도 여성을 임신시킨 상황이라면 그 대가는 치를 겁니다."

하지만 무려 6년이나 혼자서 아이를 키울 여자는 없다.

주영진이라는 생물학적 아버지를 두고 말이다.

"그게 문제인데요."

노형진은 여기서부터 심각한 정보를 제공해야 했다.

"주영진 씨의 정자를 국정원에서 보관하고 있었던 모양입니다."

"네? 잠깐…… 그게 무슨 말입니까?"

주영진은 이해가 가지 않았다.

그는 정자를 누구에게도 기증한 적이 없다.

그런데 무슨 정자를 국정원에서 가지고 있단 말인가?

그러다가 아까 전 노형진이 했던 말이 생각났다.

"잠깐만……. 그러니까…… 제 정자를 이용해서 뭔가를 하기 위해 일부러 국정원 여자 요원에게 저와 원나잇을 하라고 지시했다는 겁니까?"

"네. 저도 이런 황당한 작전이 실제로 이루어질 줄은 몰랐지만요."

"미친……."

"그렇다면 정자를 가지고 있는 게 이상하지 않지요."

주영진은 상대방과 관계를 할 때 콘돔을 꼭 착용한다.

그건 상대방에 대한 예의이자 만일에 대한 대비였다.

"하지만 그 뒤처리를 하는 건 결코 주영진 씨가 아닐 겁니다."

"그건……."

뒤처리라고 해 봐야 휴지로 둘둘 말아서 쓰레기통으로 직행하는 것뿐이다.

"그리고 정자는 그렇게 쉽게 죽지 않지요."

누군가 그걸 수거해서 빼돌린다면, 시간만 맞는다면 충분히 살아 있는 정자를 확보할 수 있다.

"아니, 왜요! 내가 뭘 어떻게 했는데? 내가 무슨 블랙리스트에 올라간 연예인도 아니고……!"

"하늘을 가리기 위해서는 커다란 손바닥이 필요하니까요."

어쭙잖은 스캔들? 아이돌의 열애설?

그런 걸로는 결코 덮을 수 없는 큰 건이 있을 수도 있다.

물론 언론에서 적당하게 입을 다물어 준다면 덮을 수도 있겠지만, 모든 언론이 정부의 말을 따르는 것은 아니다.

결과적으로 그들이 뭘 하기 전에 가장 먼저 해야 하는 건 시선을 돌리는 거다.

"첫 번째 대상은 대룡의 유민택 회장이었습니다."

"대룡의 유민택 회장?"

"그렇습니다."

노형진은 고개를 끄덕거렸다.

"지금 주요 언론과 경제인들은 대룡와 두한이 싸울까 봐 신경을 쓰고 있지요."

“그걸 덮기 위해 날 쓴단 말입니까?”

“아니요. 그게 아닙니다. 그건 경제인과 정치인의 눈을 돌릴 수는 있겠지만 일반인들에게는 좀 먼 이야기죠.”

성화와 대룡이 싸웠을 때도 많은 사람들이 그 사실은 알지언정 관심을 가지지는 않았다. 남의 일이니까.

“하지만 일반 국민이라면 주영진 씨의 혼외자 논란에 관심을 가지지 않을 수가 없지요.”

“그건…….”

그렇다. 주영진은 무려 15년이나 바른 연예인이라는 이미지 하나로 먹고산 사람이다.

욕망이 없는 것은 아니지만 그걸 적당하게·참을 줄 아는 사람이며, 또 자신이 어떻게 행동해야 하는지도 알고 있는 사람이었다.

“주영진 씨의 혼외자 논쟁이 터진다면 그 규모는 아마 어마어마할 겁니다.”

더군다나 그 혼외자가 어릴 경우, 정확하게는 임신 상태라고 한다면?

“그…… 그럴 리가…….”

주영진은 손이 덜덜 떨렸다.

자신에게 닥친 위기 상황이 이해가 안 가는 것이다.

“그…… 그럴 리가 없습니다. 누가…… 누가 제 정자를 가지고 임신한단 말입니까? 그럴 여자가 세상에 어디 있다고……!”

"확신하십니까?"

"그건……."

주영진은 말을 못 했다.

노형진은 그런 그를 안타깝게 바라보았다.

"현실적으로 말씀드리지요. 만일 혼외자가 있다면 그 아이는 친자 확인 소송을 통해 주영진 씨에게 친자로서 인정받을 수 있습니다. 그러면 추후 주영진 씨의 재산을 물려받을 권리가 생깁니다. 제가 알기로는 주영진 씨의 재산이 4천억이 넘을 테지요?"

"……."

"그리고 상대방은 주영진 씨에게 양육비를 청구할 수 있지요. 그 경우 지급액은 일반적인 생활비 기준이 아니라 현재 주영진 씨의 수입을 기준으로 책정됩니다. 아마도 그렇다면 1년에 최소 5억 이상이 상대방에게 지급될 겁니다. 말이 양육비지, 평생 먹고살고도 남을 돈이 계속 나오는 거지요."

"크윽……."

주영진은 아무런 말도 못 했다.

"돈만 된다면 살인도 하는 게 인간입니다."

더 적은 돈으로도 살인을 하는데 이 정도면 인생을 걸 만한 문제다.

"더군다나 그게 단순히 개인의 문제가 아니라면 더 그렇지요."

"개인적인 문제가 아니다?"

노형진의 말에 주영진은 혼란한 눈으로 그를 쳐다보았다. 혼외자의 얘기만으로 머릿속이 가득 차, 국정원 얘기 따윈 기억도 나지 않는 듯했다.

노형진은 안쓰러운 마음을 감추며 차분히 입을 열었다.

"이 정자를 보관한 건 국정원입니다. 그리고 그들은 인간의 존엄성 따위 개나 줘 버린 집단이지요."

오로지 정권의 수호가 목적인 집단.

그런 집단에서 여직원 하나를 콕 집어서 임신하라고 하는 건 특별한 일이 아니다.

"그리고 낙태는 사실 어려운 기술도 아니고요."

현재는 불법이지만 애초에 법을 지키려고 움직이는 놈들이 아니니까.

"아니, 그럴 필요도 없지요."

누가 하나 나서서 임신했다고 주장하면 된다.

국정원이면 초음파 영상 같은 건 조작해서 제출하는 건 어려운 일이 아닐 것이다.

다른 사람 걸 구해서 제출해도 되고 말이다.

"그 이후에 증거로 정액을 내놓는 거지요."

상황이 이상하기는 하지만 그건 어떻게 꾸미느냐에 따라 달라질 수 있는 일이다.

"그러면 적당히 무마하는 건 일도 아니지요."

극심한 스트레스로 인한 사산이라고 해 버리면 증거도 없고 증명할 것도 없이 끝나 버린다.

주영진은 그 상황에서는 꼼짝도 못 한다.

거기서 여자를 고소하면 바람피운 것도 모자라서 아이를 잃은 여자를 괴롭히는 파렴치한이 되어 버릴 것이다.

"착한 사람들은 이미지 하나 날아가면 그대로 몰락하지요."

그리고 이 정도 주제면 한두 달 정도는 충분히 우려먹을 수 있다.

"말도 안 됩니다. 내가 왜…… 내가……."

"우연 같습니까?"

노형진은 씁쓸하게 웃으며 말했다.

"세상에는 우연으로 보이는 사건들이 참 많지요. 가령 자살한 연예인들이 다 똑같은 소속사였다든가, 그 사람들이 똑같은 방식으로 자살했다든가, 아니면 그 사건을 조사하던 경찰 두 명이 불쌍하게도 사고로 유명을 달리했다든가, 그렇게 상황이 개판인데도 불구하고 소속사는 멀쩡하게 잘 굴러간다든가 등등."

주영진은 입술을 깨물었다.

그게 어딘지 아는 건 어렵지 않았으니까.

물론 우연일 수도 있다.

하지만 상식적으로 소속 연예인이 그렇게 밥 먹듯 자살해서 나가면 그 회사는 망했어야 정상이다.

그러나 그 소속사는 멀쩡하게 잘 운영되고 있다.

"세상에는 참 우연이 많아요. 그렇지요?"

"후우……."

주영진은 찬물을 벌컥벌컥 마시면서 가슴을 진정시켰다.

농담이 아니라는 건 이미 알고 있었다.

"그…… 그러면 어떻게 해야 합니까?"

이건 부정을 할 수가 없는 상황이다.

현대의 가장 강력한 무기는 유전자다.

유전자 검사를 해서 맞아떨어지면 아무리 아니라고 주장해 봐야 그때부터는 모두 개소리로 치부된다.

"해결책이 있습니다."

"뭐라고요?"

이건 누가 봐도 해결책이 없는 상황이다.

그런데 해결책이 있다는 말에 주영진은 고개를 번쩍 들었다.

"혼외자를 만드시면 됩니다."

"아니, 혼외자를 어떻게 만듭니까? 그게 말이나 됩니까? 제가 어떻게 혼외자를 만들어요! 그리고 이제 와서 만든다고 한들 제가 매장당하는 건 똑같지 않습니까!"

"압니다."

물론 지금 혼외자를 만든다고 하면 당연히 그렇게 될 것이다. 사회적으로 매장당하는 건 순식간이다.

"하지만 합법적으로 혼외자를 만들면 되지요."

노형진은 씩 웃으며 말했다.

"합법적으로 혼외자를? 그게 말이나 됩니까?"

혼외자라는 것 자체가 결혼을 하지 않은 사람과의 사이에서 태어난 아이라는 의미다.

당연히 '합법적인 혼외자'라는 건 말이 안 된다.

"방법이 없는 건 아닙니다. 정확하게 말하면 아내분과 이야기한 후에 하셔야 합니다."

"그건……."

"이대로 두면 인생이 망가지실 겁니다. 그런데 그냥 당하시겠습니까? 물론 진짜 혼외자를 두라는 건 아닙니다. 다만 적당한 핑계를 만들어 두라는 거지요."

"적당한 핑계요?"

"네. 저쪽은 이미 작전에 들어갔습니다. 지금이라도 움직이지 않으시면 방법은 없습니다."

노형진의 말에 주영진은 이를 악물었다.

"아내를 불러오겠습니다."

주영진의 아내는 노형진의 말에 놀랐지만 결국 노형진이 노리는 것이 뭔지 알고 작전을 해도 괜찮다고 했다.

그가 무슨 불륜을 저지르는 것도 아니고 또 위법한 행동을 하는 것도 아니니까.

그리고 마침내 노형진이 예상한 일이 벌어졌다.

MC 주영진, 혼외자 논쟁

20대 여성, 주영진의 아이를 임신했다고 주장

주영진, 모르는 여성이라고 반박

언론은 개판이 되어 가고 있었다.

노형진과 주영진이 다급하게 움직인 지 얼마 되지도 않아서 진짜로 주영진의 혼외자 스캔들이 터져 나왔기 때문이다.

주영진은 소송까지 운운하면서 억울함을 주장했지만 이미 사회적으로는 혼외자의 존재가 인정되는 분위기였다.

"어떻게 생각하나?"

뉴스를 보면서 유민택은 혀를 끌끌 찼다.

"예상대로군요. 감추고 싶은 건 확실한 것 같습니다. 나온 게 있습니까?"

"아직은 왔다 갔다 하고 있네. 두한이 뭘 노리는지 모르겠지만 이렇게까지 은폐하려고 노력하는 이유를 모르겠어."

"저도 잘 모르겠습니다."

절로 한숨이 나왔다.

"정부가 관련이 있기는 한 것 같은데 말이지요."

노형진은 그렇게 말하면서 머리를 긁적거렸다.

원래 없던 사건이다 보니 머리에서 쥐가 나는 느낌이었다.

"그런데 주영진 저 사람은 억울한 거 맞아?"

"맞습니다. 그렇지 않았다면 저도 나서지 않았지요."

"차라리 터지기 전에 막는 편이 더 낫지 않았을까?"

"그러기에는 상황이 너무 안 좋았습니다."

터지지 않게 하면 그들이 다른 연예인을 표적으로 삼을지도 모른다.

그런데 그게 누군지도 모르는 상황에서 지켜 줄 수는 없는 일이다.

"그리고 우리가 방해한다는 사실을 안다면 두한도 정부도 그 감추려고 하는 걸 멈출 가능성이 높습니다."

"그건 그렇지."

"그러니 그들의 움직임을 추적해야 합니다. 그래야 뒤집을 수도 있으니까요."

"하지만 이거야 원, 그들이 뭘 하는 건지 알 수가 있어야지."

유민택은 걱정스럽게 말했다.

"일단 차철후가 어디를 다니는지 알 수만 있다면 예상이라도 하겠는데."

노형진은 사실 차철후를 만나서 기억을 읽어 볼까 하는 생각도 했다.

하지만 차철후는 극도의 보안 속에서 생활하고 있었다.

심지어 그는 집이 아니라 호텔에서 숙식을 해결하고, 상시 경호원과 함께 다닌다.

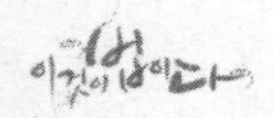

"두한에서 뭔가를 꾸미고 있는 건 확실한데……."

노형진은 그렇게 말하면서 입맛을 다셨다.

뭔가 보일 듯 말 듯 안개가 잔뜩 낀 느낌이었다.

"하지만 하는 일은 다 정상적인 업무야. 물론 로비로 보일 만한 사람을 만나기는 하지만 말이지. 그는 보험회사의 직원일세. 로비를 하지 않는 게 이상한 거지."

"압니다."

노형진은 고개를 끄덕거렸다.

차철후가 만난 사람 중에 딱히 이상한 사람은 없었다.

"보험회사에서 의료보험공단 사람들 만나는 거야 뭐 당연한 일이고."

"그건 그렇지요. 다른 쪽은 정보가 없나요?"

"딱히 없네. 뭐, 두한보험에서 시스템을 업그레이드한다는 정보 정도뿐이야."

"시스템 업그레이드요?"

"그래. 뭐, 시대가 바뀌면 당연히 바뀌는 거니까."

유민택은 별게 아닌 듯 말했다.

실제로 회사의 중요 업무 중 하나가 바로 시스템 업그레이드다. 현대에는 그걸 업그레이드하지 않으면 제대로 업무를 할 수 없으니까.

그 순간 노형진의 머릿속에 뭔가 스치고 지나갔다.

"시스템 업그레이드라고 하셨습니까?"

"그래, 그건 딱히 차철후와 관련된 자료는 아니어서 이야기하지 않았네만."

"잠깐 관련 자료를 보여 주실 수 있나요?"

"상관없네."

어차피 노형진이 정보 조직을 운영하고 있다는 건 두한도 알고 있다. 그리고 이 정도 정보는 딱히 중요하지도 않고 감출 수 있는 것도 아니다.

"컴퓨터 부품 사는 게 뭐 그리 중요하다고."

유민택은 별거 아닌 듯 말했지만 노형진은 그 업그레이드 품목을 보면서 자신도 모르게 욕을 내뱉었다.

"이런 미친 새끼들!"

"왜 그러나?"

"아니…… 그게, 하드를 엄청나게 샀습니다."

"그게 중요한가? 중요한 건 하드가 아니라 하드 안에 담기는 정보인데."

"그래서 그러는 겁니다."

노형진은 회귀 전 정권이 추구하던 게 생각났다.

회귀 전 정권은 모든 것을 돈으로 봤고 어떻게 해서든 돈을 벌기 위해 혈안이 되어 있었다.

그리고 그 당시 권력을 잡았던 자들이 자유신민당, 즉 현재 대통령이 속해 있는 당이었다.

'내가 왜 그걸 잊고 있었지?'

철저하게 잊고 있던 정보.

잊을 수밖에 없으리라. 회귀 전 이때쯤의 노형진은 이미 한국에 오만 정이 다 떨어져서 미국에 가 있을 시기였으니까.

"당했네요."

"무슨 말인가?"

"저들이 감추고 싶은 게 뭔지 알아냈습니다."

"그게 무슨 소리야? 아무것도 없었는데?"

그럴 것이다. 그는 회귀 전을 겪어 보지 않았으니까.

원래 역사에서는 다른 기업이 그 대상이었다.

하지만 대통령이 바뀌면서 더 친해진 것은 두한이었다.

"의료보험."

"뭐?"

"의료보험 말입니다. 그게 목적입니다."

"의료보험?"

유민택은 고개를 갸웃했다.

"나는 이해가 안 가는데?"

"후우."

노형진은 서류를 내려놓고 얼굴을 문질렀다.

큰 건수라고 생각은 했지만 이 정도 일일 줄은 몰랐다.

"정부에서 의료 민영화를 추진한다는 건 아시죠?"

"그건 알지. 하지만 국민들이 반대한다는 것도 알고 있고."

고개를 끄덕거리는 유민택.

실제로도 회귀 전에도 그래서 실패한 것으로 되어 있다.

공식적으로는 말이다.

“나도 자네 덕분에 의료 민영화가 뭔지 아네. 그거 미국식 방식이잖나? 미국이 그렇게 개판인데 우리나라에서 그게 될 리 없지.”

피식 웃는 유민택.

“맞습니다. 의료 민영화를 국민들이 용납할 리 없지요.”

“그래서?”

“그런데 말입니다, 그건 애초에 실패해도 상관없었던 거라면 어떨까요?”

“무슨 소리인가?”

“의료 민영화를 하기 위해서는 국민의 모든 자료를 기업이 들고 있어야 합니다.”

“응? 그게 무슨 소리야?”

유민택은 고개를 갸웃했다.

민영화된 의료보험과 회사가 무슨 관계가 있단 말인가?

“의료 민영화의 핵심은 모든 보험을 민영화시킴으로써 병원과 보험회사의 수익을 극대화하는 데 있지요. 그런데 병원이야 사실 문제 될 게 없습니다. 아파서 오는 사람을 치료하고 그만큼 보험회사에 청구하면 그만이니까요.”

“그런데?”

“하지만 보험회사는 좀 다릅니다. 의료 민영화가 시행된 후에 보험료를 측정하고 위험도를 감안하고 보험 수가를 정하는 등 모든 것을 하기 위해서는 개개인의 정보가 필요합니다."

"개개인의 정보?"

"그렇습니다. 그 사람이 어떤 질병을 겪었는지, 그 이후에 어떤 치료를 했는지, 어떤 부작용이 있는 약을 먹었는지, 그리고 지금도 치료 중인지, 치료비를 어느 정도까지 낼 수 있는지……."

미국의 의료 민영화는 단순히 돈이 있다고 치료받을 수 있는 게 아니다. 똑같이 병에 걸리더라도 그 병원에서 선택할 수 있는 치료 방법까지 정해져 있다. 그 때문에 더 발전된 기술이 있어도 그걸 적용하지 못하고 죽는 사람도 많다.

"그걸 판단하기 위해서는 개개인의 모든 정보가 필요합니다."

유전력, 병력, 체력, 주민등록번호, 오염물 유출 가능성 그리고 재산 내역까지.

그 말을 듣는 유민택의 얼굴이 딱딱하게 굳었다.

"그건……."

"보험회사가 전 국민의 모든 개인 정보를 가지고 관리한다는 의미이지요."

"미친……. 그게 가능하다고?"

"법을 만들기만 하면 그걸 적용하는 건 어려운 일이 아니지요."

그리고 두한 정도의 로비 능력을 가진 작자들이면 조용히 법을 만드는 건 어려운 일이 아니다.

"사람들은 단순히 의료 민영화가 치료비의 문제라고 생각하지요. 하지만 본질적인 문제는 국민들의 정보 관리를 민간 기업이 한다는 겁니다."

"미친……."

유민택은 그제야 두한이 이런 미친 짓을 하려는 이유를 알 것 같았다.

전 국민의 모든 개인 정보. 그건 단순히 돈으로 환산되는 수준의 문제가 아니다.

그걸 구할 수 있다면 이 대한민국 전부를 지배한다고 봐도 무방하다. 모든 것을 안다는 것은 모든 것의 감시가 가능하다는 이야기이기도 하니까.

"두한이 그 정보를 가지고 갈 수 있다면 제2의 정부 노릇을 할 수도 있을 겁니다."

그나마 한국 정부는 각 단체의 선이라는 게 있어서 쉽게 침탈은 못 한다.

하지만 두한은 기업이다. 위에서 오더를 내리면 그에 대해 털어 내는 것은 어려운 일이 아니다.

"이 가치가 얼마나 될 것 같습니까."

"전 국민의 모든 정보? 10조? 20조? 아니야, 아니야. 정보는 힘이야. 못해도 200조 이상의 값어치는 있을 걸세."

유민택은 당혹스럽다는 듯 말했다.

"시스템 업그레이드라는 건 성능을 올리는 거지요. 그런데 이 구입 목록을 보세요. 하드가 과도하게 많습니다."

아무리 시대가 바뀌고 정보량이 많아진다고 하지만 그걸 감안한다고 해도 하드의 용량은 너무나 많았다.

"의료 민영화라고? 허, 하지만 실패하면? 아니, 실패할 수밖에 없지 않나? 국민들이 원하지 않을 텐데."

"의료 민영화는, 비유하자면 손가락인 겁니다."

"손가락?"

"의료 민영화법은 의술의 상업화를 목적으로 합니다. 하지만 국민 개인 정보의 공유는 다른 법이 되겠지요."

"……."

유민택은 말문이 막혔다.

그라도 그런 방법을 쓸 것이 뻔하니까.

사람들의 정치적 관심은 의료 민영화에 쏠려 있다.

그리고 사회적 관심은 주영진에게 쏠려 있다.

경제적 관심은 두한과 대룡의 대립에 쏠려 있고 말이다.

"그러면 기업에 대한 정보 제공에 관심을 가진 곳은 어디일까요?"

"없겠군."

누구도 모르게 조용히 넘어갈 수 있는 거다.

이건 실질적으로 심각한 문제다.

"이 계획대로라면 대한민국은 두 개의 정부를 가지는 셈입니다. 하나는 대한민국 정부, 하나는 두한."

전자는 투표로라도 바꿀 수 있지, 후자는 사실상 왕권과 다를 바 없는 정부가 된다.

"미쳤군."

유민택은 당혹스러운 듯 말했다.

"그리고 유민택 회장님을 공격하는 가장 큰 이유도 알 것 같네요."

"어째서?"

"지금 의료 민영화를 한다면 두한 입장에서 가장 적대적이고 가장 위협적인 기업이 어디가 될 거라고 생각하십니까?"

"그건…… 끄응…… 우리군."

대룡은 노형진과 함께 미국 의료 시스템의 허점을 이용해서 돈을 끌어모으고 있다.

당연히 의료 민영화를 하게 된다면 최대 라이벌이 될 수밖에 없다. 대단위 병원을 운영해 본 경험이 있고, 의료 민영화 시스템 내에서 수익을 어떤 방식으로 효율적으로 올리는지 알고 있으니까.

"두한 입장에서도 두한과 친한 현 대통령 입장에서도, 대룡은 극도로 부담스러울 수밖에 없지요."

자기들이 먹을 걸 홀랑 집어삼킬 수 있는 게 대룡이니까.

"그나마 그들 입장에서는 다행인 건, 대룡에 보험회사가 없다는 겁니다."

하지만 대룡이 보험회사를 만든다면 과연 어떻게 될까?

이미 좋은 기업, 착한 기업 이미지를 가진 대룡, 거기에다 경험까지 있다.

어차피 민간 의료보험에 가입해야 한다면 사람들은 당연히 대룡으로 가려고 할 것이다.

대룡은 좀 더 싸게 해 줄 거라는 걸 알 테니까.

그리고 유민택도 그 방법을 쓸 테고 말이다.

"더군다나 대룡은 병원이 이미 있지요."

"그렇지."

"그리고 인재를 구할 방법도 있고요."

"인재를 구할 방법이 어디 있다고…… 아."

노형진을 바라보는 유민택.

노형진이 한 인재 투자. 그는 단순히 국영수만을 잘하는 사람이 아니라 다방면의 천재들에게 투자를 한다.

"제가 투자한 사람들 중에는 의료 쪽 천재들도 많지요."

성적이, 국영수가 중요하기는 하지만 의료 쪽에 가면 그게 아주 중요한 것은 아니다.

"그리고 의사들도 다 똑같은 의사가 아니지요."

"그건 또 무슨 말인가?"

"한국에서 제일 끝까지 정원이 차지 않는 학과가 어디일 것 같습니까?"

응급의학과, 외과, 흉부외과 등등 위험하고 힘들며 생명에 관련된 학과는 대학 병원도 매년 미달된다.

하지만 안과, 정형외과, 피부과, 성형외과같이 덜 위험하고 돈을 쉽게 벌 수 있는 학과는 매년 지원자가 넘쳐 난다.

"그래서 그곳에 가지 못한 사람들이 미달된 응급의학과 같은 곳으로 가지요."

노형진은 착잡하게 말했다.

슬픈 일이지만 현실적으로 실력 좋은 의사들은 대부분 안전한 곳으로 가려고 한다.

"하지만 저희 인재 지원 제도의 최우선 지원 학과 조건은 바로 그런 미달된 학과입니다."

눈병이 생긴다고 사람이 죽지는 않는다.

쌍꺼풀이 없다고 사람이 죽지는 않는다.

어차피 넘치는 사람들을 지원해 줄 생각은 없었기에, 최우선 지원 대상은 사람을 살릴 수 있는 학과 지원자로 하고 있다.

"천재적이고, 어려서부터 그쪽 잡고 빡세게 공부한 사람들입니다. 우리가 그들을 어디로 보낼까요?"

당연하게도 대룡이다.

"그리고 그처럼 사람을 살리는 의사가 많을수록 병원은 더 벌 수밖에 없지요."

쌍꺼풀 수술은 어디 가서나 할 수 있지만 자기 심장 수술을 해야 하는데 아무 데나 가겠는가?

단순히 실력만의 문제도 아니다.

의사가 부족하다는 것은 의사가 쉽게 지친다는 말도 된다.

심장 수술 같은 건 열두 시간씩, 길게는 스물네 시간씩 해야 한다. 그런데 인원이 없어서 의사가 제대로 쉬지도 못하는 병원으로 가려고 하는 사람은 없을 것이다.

"그래서 우리를 견제한 거라고?"

"아마도요. 최대한 이쪽에서 움직이지 못하게 하려고 하는 거겠지요."

그것 말고는 다른 이유가 없다.

"미친……."

유민택은 머리를 절레절레 흔들었다.

누군가는 말도 안 되는 헛소리라고 생각할지도 모른다.

하지만 의료 민영화가 진짜로 도입된다면 거기서 나오는 수익이 얼마나 될까? 몇조는 가뿐하게 뛰어넘을 것이다.

"우리가 미끼임과 동시에 견제 대상이었던 거군."

"좋은 생각인 거죠."

자신들을 막음과 동시에 사람들의 시선을 돌렸으니까.

"일단은 이 상황에 대해 알아봐야겠군."

"하지만 두한에서 알려 줄까요?"

유민택이 피식 웃었다.

"두한이 알려 줄 리 없지. 하지만 자네가 말한 게 사실이라면 그 법을 만드는 건 두한이 아니라 국회의원일 거야."

"국회의원도 알려 주지 않을 것 같은데요."

"그럴지도 모르지. 하지만 내가 아는 나름의 정보원이 따로 있다네. 그들은 기꺼이 우리를 위해 정보를 줄 걸세, 후후후."

얼마 후 유민택은 정말로 정보를 들고 노형진을 찾아왔다.

"자네 말이 맞더군. 해당 법을 만들 준비를 하고 있어. 정치인들 사이에서 극비리에 포섭이 벌어지고 있는 모양이야."

"극비리라고 하시는 걸 보니 통과할 가능성이 높겠군요."

"그래. 반대할 만한 사람들에게는 아예 접촉도 하지 않는 모양이더군."

"그런데 어떻게 아셨습니까? 그들이 이걸 말해 주지는 않았을 것 같은데."

"우리가 착하게 보인다고 해서 진짜 착한 건 아니지 않나? 우리도 나름의 사고를 막아야지."

"사고? 아…… 배달 사고."

모든 돈은 정치인에게 직접 주는 것은 금물이다.

나중에 크게 문제가 되기 때문이다.

그래서 그런 경우는 정치인이 아니라 정치인의 보좌관에게 주는 경우가 많다.

"나름 공무원이지만 파리 목숨이지."

그들은 임시직 공무원이다.

자기가 모시던 국회의원이 떨어지면 그대로 개털 되는 거다.

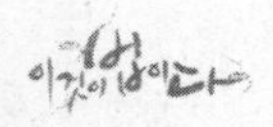

그렇다고 안전장치를 하자니 그것도 위험하다.

결국 그들도 미래에 대한 불안을 품을 수밖에 없다.

"배달 사고는 배달하는 과정에서 벌어지지. 하지만 그걸 받을 사람이 직접 온다면 문제 될 게 없지."

즉, 보좌관들이 돈 받을 기회가 있다면 그걸 꺼리지는 않을 거라는 소리다.

"하지만 그걸 제보할 수도 있지 않습니까?"

"배달을 하는 애들이?"

"아…… 하긴 그렇겠네요."

뇌물을 주고받는 걸 모른 척하고 배달까지 하는 작자들이, 양심을 가지고 말을 하지는 않을 것이다.

그리고 모든 법을 만들거나 분석할 때 동원하는 게 바로 보좌관이다.

"자네 말대로 관련 법이 만들어지고 있는 것 같더군."

"그게 통과되는 순간 모든 개인 정보는 두한이 챙기겠군요."

"이건 우리도 못 먹어."

이건 빼앗아 먹을 수 있는 것도 아니거니와 빼앗으면 크게 체할 수밖에 없는 문제다.

"이걸 외부에 공개할 건가?"

"아니요."

노형진은 고개를 흔들었다.

"이게 공개된다고 해결될 문제일 리 없지요."

언론에서도 이걸 모를 리 없다.

당장 의료 민영화도, 국민들은 반대하고 있지만 언론에서는 그 이야기가 전혀 안 나온다.

그런 상황에서 언론에 제보해 봐야 묻혀 버릴 가능성이 높다.

"법을 만들지 못하게 해야지요."

"하지만 그게 쉽지 않을 텐데?"

노형진은 씩 웃었다.

"여기를 봐 주십시오."

노형진이 세운 검지.

"그건 전에 써먹었네만?"

"압니다. 제가 말하고자 하는 건 그게 아니라 정반대입니다. 손가락을 그쪽으로 돌리면 되는 거니까요, 후후후."

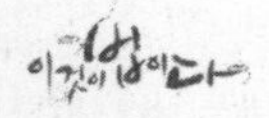

손가락을 분질러 주마

가장 먼저 할 일은 주영진을 지키는 것이었다.

그들이 움직이도록 하기 위해 방치 아닌 방치를 선택했지만, 주영진의 인생이 박살 나게 둘 수는 없었으니까.

"저는 그 여자를 모릅니다."

"하지만 그 여자분은 성관계를 했다는 걸 증명하셨습니다만?"

상황은 예상대로 철저하게 주영진에게 불리하게 흘러가고 있었다.

기자회견장에서 기자는 주영진을 작심하고 물어뜯었다.

"이미 여자분은 주영진 씨의 정자를 증거로 제출했습니다."

"상식적으로 말이 안 되지 않습니까, 저랑 관계를 맺은 사람이 따로 제 정자를 모아서 증거로 제출한다는 게?"

주영진은 억울한 듯 외쳤다.

물론 기자들은 이미 답은 정해져 있다고 생각하는 듯했지만.

"요즘은 워낙 이런저런 흉흉한 일이 많지 않습니까? 지금처럼 발뺌하는 사람도 많고."

"제가 그랬다는 걸 확신하는 것처럼 말씀하지 마십시오."

"그러면 주영진 씨가 아니라 어디서 그 정자를 구한단 말입니까? 이미 그 검사 결과가 나왔는데요."

기자들의 질문. 그 말이 나오자 주영진은 심호흡을 했다.

노형진이 말한 합법적인 혼외자 전략. 그게 드디어 나올 시간이었다.

"아마도…… 제 기증 정자가 아닌가 싶습니다."

"기증 정자?"

"기증 정자라니? 그게 무슨 소리야?"

웅성거리는 기자들. 그 말이 뭔지 이해가 가지 않았으니까.

"저는 정자은행에 제 정자를 기증한 적이 있습니다. 아, 물론 아내의 동의를 얻고 한 일입니다."

"뭐? 그게 진짜야?"

"정자은행에 기증을 했다고요?"

정자은행.

쉽게 말해서 불임인 사람들을 위해 정자를 제공하는 곳이다.

그러한 정자은행은 두 가지 종류가 있다.

하나는 부부가 추후 임신을 위해 정자를 보관하는 것이다.

지금 당장은 아이를 가질 수 있지만 나중에 가지지 못하게 될 경우를 대비하는 것이다.

나머지 하나는 불임이나 기타 사유로 아이를 가지지 못하는 사람들에게 기증하기 위한 정자다.

후자의 경우는 하고 싶다고 할 수 있는 게 아니다.

부모의 능력과 유전자 검사를 하고 나서, 건강한 정자만 받아들인다.

또한 그렇게 기증된 정자에 대한 모든 정보는 비밀로 부쳐지며 정자의 수혜자는 기증자의 정보를 전혀 알지 못한다.

당연히 고르는 것도 안 된다.

오로지 혈액형만을 가지고 랜덤하게 결정된다.

"저는 그중 전자에 속합니다."

주영진은 나이가 많은 편이다.

당연하다. 그는 성공도 늦었고 결혼도 늦었으니까.

"두 아이가 있지만, 먼 훗날에 다른 아이를 보고 싶지 말라는 법은 없지요."

그리고 부인 역시 그런 그의 생각에 동의했다고 한다.

나이 차가 많이 나는 부인이기에 몇 년 후에 아이들이 좀 큰 후에도 충분히 임신이 가능하니까.

"이건 지극히 개인적인 영역이기에 이야기하지 않으려고 했습니다. 하지만 지금 그 부분 말고는 가능성이 없다고 보입니다. 실제로 관련 사건이 없었던 것도 아니고요."

"그건……."

"그건 그러네."

과거에 노형진이 해결한 사건 중에 그런 병원에서 정자가 바깥으로 팔린 사건이 있었다.

원래 모든 정자는 극비리에 랜덤으로 줘야 하지만 병원에서 좋은 유전자를 비싼 값에 팔았고, 그중 일부가 범죄에 이용된 것이다.

"어…… 그럴 수도 있겠네?"

전례가 없는 것도 아니다 보니 기자들은 당황했다.

더군다나 상대방은 주영진이다.

사회적으로 무척이나 성공한 사람이고, 확실히 비싸게 팔릴 만한 정자이기도 하다.

"저는 이 사건에 대해 정식으로 수사를 요청할 겁니다."

주영진의 말에 기자들은 기사를 어떻게 써야 하나 고민하는 눈치였다.

하지만 그 고민은 그다지 오래가지 않았다.

⚖

"일단 두고 보자는 분위기이기는 하네요."

주영진은 한숨을 내쉬었다.

다행히도 상대방은 주영진과 함께했다는 증거를 정자 말고는 내놓지 못해서, 사건은 경찰의 수사로 넘어간 상황이었다.

"하지만 불리한 상황인 건 아시지요?"

"압니다. 제가 어쩌다 그런 일에 엮인 건지……."

주영진은 머리를 부여잡았다.

착하게 살면 문제가 없을 거라 생각했다.

하지만 결과는 이 꼴이다.

"하지만 조금만 파고들면 드러나지 않겠습니까?"

조금만 파고들면 정자를 보관한 지 얼마 되지 않았다는 것을 알 것이다.

만일 저쪽에서 그 이전에 임신했다는 걸 증명한다면, 아마도 이쪽은 온갖 욕을 다 먹을 것이다.

증거를 조작한 셈이니까.

"걱정하지 마세요. 아마 저쪽은 임신하지 않았을 겁니다."

"어떻게 아십니까?"

"그랬으면 정자가 아니라 양수 검사 결과를 내놨겠지요."

이미 태아 상태에서 유전자 검사를 하는 기술이 존재한다.

원래는 유전적 장애를 판단하기 위해 만들어진 기술이지만, 그게 친자 확인에 쓰이지 말라는 법은 없다.

"그런데 저들은 정자를 내놨습니다. 그 말은 임신을 하지 않았다는 거지요. 애초에 시선을 돌리는 용도인데 굳이 임신을 할 필요는 없으니까요. 전에 말씀드렸잖습니까, 아이는 사산한 것으로 처리하면 그만이라고."

주영진은 씁쓸하게 미소 지었다.
"그 말이 사실이면 좋겠네요."
"이제 와서 임신을 시키면 대놓고 늦어지니까 당연히 임신은 불가능하고."
노형진은 턱을 문질렀다.
"아마도 초음파검사 결과 같은 걸 들이밀 겁니다."
그게 가장 확실한 증거니까.
"그리고 그게 그들의 약점이 될 겁니다."
노형진은 씩 웃으며 말했다.

⚖

얼마 후 그 여자는 노형진의 말대로 초음파 사진을 기자회견장에 들고나왔다.

—저는 증명을 했어요. 저와 같이 보낸 그 밤에 있었던 일을 인정해 달라는 것뿐이에요. 제 아이가 당신의 아이가 맞잖아요.

눈물로 호소하면서 말하는 여자.
그녀는 말이 끝나자 몇 마디 질문에 답변을 하고는 바로 단상을 내려갔다. 그리고 그 아래에 있던 어떤 여자가 그녀를 안아 주고는 바로 뒤쪽으로 빠져나갔다.

노형진은 그걸 보면서 혀를 끌끌 찼다.

"이거 참, '피해자의 눈물이 증거입니다.'라는 꼴을 또 보게 되네요."

"하지만 의외로 저 여자 편을 들어 주는 사람들이 많더군."

"그럴 겁니다."

기자회견을 보던 노형진은 짜증이 난다는 표정으로 텔레비전을 꺼 버렸다.

"대표님, 광고의 3요소가 뭔지 아십니까?"

"광고의 3요소?"

"네."

"모르겠네."

유민택은 광고를 만들라고 시키고 결과물을 보고 평가하고 승인하고 집행하는 사람이지, 광고를 직접 만드는 사람이 아니다.

그러니 광고의 3요소니 하는 것에는 그다지 관심이 없다.

정확하게는 관심을 가질 이유가 없다는 게 맞는 표현일 것이다.

"광고의 3요소는 아이와 애완동물, 미녀입니다."

"응?"

"어지간한 광고에는 그 세 가지 중 하나는 무조건 들어갑니다."

"음…… 그렇군."

유민택은 대룡에서 했던 수많은 광고들을 떠올리고는 고개를 끄덕거렸다.

특수한 경우가 아니면 세 가지 중 하나는 꼭 들어갔다.

"이 세 가지는 그걸 보는 사람의 심리적 저항선을 무너트리는 역할을 하지요. 쉽게 말해서 그걸 좀 더 쉽게 받아들이게 합니다. 가령 애완견은 가정적인 느낌이나 편안함을 의미합니다. 집에서 애완견과 같이 여유로운 시간을 보내는 게 그런 느낌이니까요."

가령 최근 차 광고를 보면 광활한 대지에 차가 달려 나가는 장면이 들어간다.

그런데 그 안에는 애완동물이 자리 잡고 있는 경우가 많다. 그러한 애완동물이 가정용 차량에서 편안함이나 가정적인 면을 드러내기 때문이다.

그래서 스포츠카에는 그런 광고가 없다. 스포츠카 같은 경우는 가정용은 아니니까.

그런 광고가 들어가는 차량들은 보통 SUV 계열이 많다.

소위 말하는 패밀리 카 계열 말이다.

"아이들은 미래에 대한 긍정적 신호를 보내는 역할을 하지요."

그건 이미지 쇄신에 많이 쓰인다.

"그렇다면 저 기자회견에서 해당되는 요소는 무엇일까요?"

"미녀와 아이군."

작전에 동원된 여자 요원이 어떤 사람인지는 알 수가 없

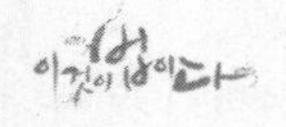

다. 하지만 어지간한 연예인과 비교해도 좋을 정도로 눈에 확 띄는 사람이다.

"그런데 그녀가 내려가자마자 다른 여자가 그녀를 보듬어 안아 줬지요? 그런데 그녀도 상당한 미녀입니다. 사실 무척이나 공들여서 꾸민 것 같더군요. 이런 곳에 오면 눈물 펑펑 흘리게 될 상황입니다. 그런데 누가 화장을 그렇게 하고 옵니까? 더군다나 그렇게 한참 운 듯한 모습을 보여 주는데 마스카라 하나 안 번졌습니다. 미리 준비한 게 아니라면 말이 안 되지요. 아마 같이 움직이는 요원일 겁니다."

기자회견을 한 사람뿐만 아니라 그녀를 보듬어 주면서 함께 싸워 주는 사람, 그러니까 친구 역시 상당한 미녀다.

"두 미녀가 눈물을 흘리면 사람들은 약해질 수밖에 없지요. 더군다나 저들이 보여 주는 건 태아의 초음파 사진이고요."

"으음……."

"저걸 보면 부모의 감정은 어떨까요?"

"하아, 그건…… 이루 말할 수 없지."

유민택은 착잡한 표정으로 말했다.

그 작은 사진에 보이는 작은 아이의 모습.

자신의 미래이자 자신의 전부가 되는 대상.

그 모습을 보는 순간 느껴지는 중압감.

하지만 그 이상이 되는 희망.

아마 아이를 가져 보지 못한 사람은 전혀 모를 그런 감정이다.

온갖 희망과 걱정이 며칠 동안 온몸을 지배한다.

"그걸 저들은 알고 있습니다. 그러니까 저걸 흔드는 거지요."

노형진은 같잖다는 표정으로 말했다.

'병신 같은 새끼들, 해외 첩보 작전에 머리를 좀 그렇게 써봐라.'

국정원이라고 하는 곳이 멍청하게 해외 첩보 작전에서는 그렇게 머리를 안 쓰다가 꼭 정권을 지키기 위해서는 저렇게 머리를 쓴다.

"하긴 자네가 말해 주지 않았다면 나도 저 여자들을 보면서 불쌍하다고 혀를 끌끌 찼을 거야."

유민택은 질렸다는 듯 말했다.

"저 여자들에 대해 조사해 봤는데, 나오는 게 하나도 없더군."

"나올 리가 있나요. 분명 가짜 신분일 텐데."

저들이 나타났을 때 유민택은 그래도 혹시나 하는 마음을 가졌다.

자신들의 편협한 생각 때문에 피해자들에게 또 다른 피해를 주는 게 아닐까 하는 걱정도 했다.

노형진이 기억을 읽을 수 있다는 걸 그는 모르니까.

그래서 그녀들에 대해 조사를 했다.

하지만 나오는 게 없었다.

이름을 알고 얼굴도 안다. 그런데 그 이후에 나오는 게 없다.

“평범한 여자가 대룡의 정보망에서 완벽하게 벗어나는 게 가능하다고 생각하십니까?”

“그럴 리 없지.”

물론 이름과 얼굴뿐인 정보가 상당히 제한적인 것은 사실이다.

하지만 그렇다고 해서 추적 못할 정도는 아니다.

“요즘 같은 시대에 20대 여성 두 명이 인터넷에 어떠한 정보도 없다고요? 그게 말이나 되나요?”

더군다나 연예인을 클럽에서 만나서 밤을 보낼 정도로 활동적인 행동을 보이는 타입이?

“말도 안 되죠. 그건 불가능합니다.”

SNS는 하지 않는다고 해도, 하다못해 사진이라도 하나 나와야 한다. 그런데 그런 게 전혀 없다.

“일반적으로 이런 사건에서 피해자의 과거는 추적하지 않으니까요.”

그러니 저들은 가짜 신분을 가지고 이번 작전을 실행한 것이다.

“그럼 현 상황에서 저들의 공격을 멈출 방법은 없는 건가? 가짜라는 것도 결국 존재하지 않으니 증명할 수가 없지 않나?”

유민택은 고개를 갸웃하면서 물었다.

지금 상황에서 증거도 없이 저들이 가짜이며 음모가 있다고 말할 수는 없다.

증거 없이 그런 소리를 하면 도리어 이쪽에 나쁜 놈이라는 이미지가 생길 것이다.

"방법은 두 가지입니다. 저들이 가짜라는 걸 증명하는 것. 나머지 하나는 저들이 스스로 말하게 하는 것."

"양쪽 다 불가능할 것 같은데?"

노형진은 씩 웃었다.

"전 양쪽 다 가능하다고 생각하는데요."

"음? 그럴 리가. 아무리 자네라도 그건 안 될 걸세. 저들의 뒤에 있는 게 누군데? 국가정보원이야. 어지간한 고문에는 눈도 깜짝 안 할 걸세."

유민택은 말도 안 된다는 듯 고개를 흔들었다.

그는 저들에 대해 어떤 증거도 찾지 못했다.

그런데 가짜라는 증거가 나올 리 없다.

하물며 저들이 스스로 자신들이 가짜라고 인정한다? 그건 불가능하다.

"일단 전자부터 시작하지요. 지금 유 회장님은 저들의 이름과 사진으로 찾으시려고 한 거 아닙니까?"

"그렇지. 하지만 아무것도 안 나왔네."

"당연하지요. 원래 아무것도 없는 사람일 테니까. 하지만 전 다르게 생각했습니다. 저들이 돌아다니면서 자연스럽게 흘리는 정보를 모으라고 했지요."

"자연스럽게 흘리면서 다니는 정보?"

"그렇습니다. 일단 저들이 저 사진을 어디서 구했을까요?"

"병원에서 구했겠지. 물론 그 병원이 어디인지는 나도 알아. 하지만 관련 자료는 구하지 못했네."

"국정원의 입김이 닿아 있는 병원입니다. 줄 리 없지요."

노형진은 어깨를 으쓱하며 말했다.

"하지만 저는 다른 걸 노렸습니다."

"다른 거?"

"네. 저들도 사람이지요. 뭐든 먹어야 합니다."

노형진은 웃으며 서류철에서 뭔가를 꺼냈다.

"그건? 영수증?"

"저들이 다니면서 먹은 곳의 영수증입니다. 지금은 영수증 발급이 의무화되어 있습니다. 그리고 대부분의 경우 영수증은 바로 버려지지요."

노형진은 영수증들을 쭈욱 나열했다.

순식간에 테이블을 가득 채우는 영수증들.

유민택은 기대를 하면서 그 영수증들을 하나씩 집어서 살피기 시작했다.

혹시나 카드를 썼다면 추적이 가능하니까.

하지만 그는 이내 실망할 수밖에 없었다.

"그런데 이거 다 현금인데?"

두 여자의 결제 방법이 전부 현금이었기 때문이다.

"그러니까 더 이상한 거지요. 요즘 이 정도 돈을 현금으로 들고 다니는 사람이 얼마나 됩니까?"

그들은 택시를 타고 밥을 먹고 차를 마시고, 모든 일상생활을 같이한다.

하루 평균 20만 원 정도 드는데 단 한 번도 카드를 낸 적이 없다.

심지어 그걸 현금 영수증 처리도 한 적이 없다.

하긴 현금 영수증 처리를 하면 추적이 가능할 테니까.

"현금뿐인 영수증으로 뭘 추적하려고? 카드 번호도 없는데."

"애초에 카드 번호가 있다 한들 국정원의 유령 기업이나 나오겠지요."

노형진은 어깨를 으쓱했다.

"그런데?"

"제가 원한 건 그게 아니라 이겁니다."

노형진은 그 많은 영수증 중에서 하나를 꺼내 들었다.

"이건 택시 영수증입니다."

"택시? 택시도 영수증을 주나?"

유민택은 당황한다는 듯 말했다.

하긴 그가 언제 택시를 타 볼 일이 있었겠는가?

"요즘은 줍니다. 그리고 제가 그들을 이상하게 생각하는 다른 이유죠."

물론 그것도 상황에 따라 다르다.

어떤 택시 기사는 알아서 주지만 어떤 택시 기사는 달라고 하지 않으면 굳이 주지 않으니까.

"수십 대에 달하는 택시들이 말하지 않으면 주질 않더군요. 그래서 이거 찾느라고 참 고생했습니다. 물론 제가 한 건 아니지만요."

노형진은 그걸 가지고 와 달라고 했고, 고문학의 팀은 그들이 버리는 쓰레기통을 매일같이 뒤져야 했다.

"하지만 이런 택시 영수증으로 뭘 어떻게 하려고? 이것도 현금이네만?"

노형진은 고개를 끄덕거렸다.

이것도 현금이다.

하지만 현금이라고 해도 다른 걸 감출 수는 없다.

"이런 택시 영수증에는 택시를 탄 시간이 적혀 있습니다. 어떤 택시를 탔는지도요."

"그래서?"

"당연히 그 운행 기록을 특정할 수 있지요."

"운행 기록을?"

유민택은 그제야 노형진이 뭘 노리는지 알아차렸다.

"그들이 출발한 곳. 그곳이야말로 생활공간이겠군."

이런 작전을 수행하면서 국정원에서 출퇴근을 할 리 없다.

그러니 그들은 따로 생활하는 공간이 있을 것이다.

"그리고 제 생각에는, 얼굴이 드러난 여자는 아마 거기에 가도 아무것도 없을 겁니다."

"어떤 점에서 그렇게 생각하나?"

"인터뷰까지 하면서 얼굴을 드러냈습니다. 방송에서 그녀를 봐도 특정하거나 이슈화되지 않을 거라는 걸 아는 거지요."

그 말은 그녀에게 부모도 없을 가능성이 높다는 거다.

"하지만 친구는 카메라를 약간 꺼리는 것 같더군요."

사실 그게 특이한 건 아니다.

당사자도 아니고 친구를 위해 같이 나왔는데 자신이 얼굴을 팔리는 걸 원하는 사람은 없으니까.

"하지만 그런 행동에서 한 가지는 확실하게 알 수 있지요."

그 친구에게는 특정할 수 있는 대상이 있다는 것.

"가족이든 누구든, 그녀를 알아보면 문제 삼을 수 있는 사람이 있다는 거지요."

"그리고 이 영수증에 나온 택시가 그녀를 태운 곳을 알 거다 이거군."

"네."

그곳에서 그녀에 대해 조사하기 시작하면 누군가는 그녀를 알아볼 텐데, 그것은 제대로 추적할 수 있다는 것을 뜻했다.

"과연 그녀가 어떤 사람인지 한번 기다려 보지요."

그 지역에서 그녀의 사진을 들고 다니던 정보 팀이 얼마

후 제법 쓸 만한 정보를 가지고 왔다.

"그녀가 배전여고를 나왔다고 하더군요."

그 동네에 살던 친구가 그녀를 알아본 것이다.

"그리고 그곳에서 수영여대를 거쳐서 취업을 했답니다."

"취업은 어디에 했다고 하던가요?"

"자엔픽스라는 곳입니다만."

고문학은 머리를 긁적거렸다.

그걸 보고 노형진은 안다는 듯 고개를 끄덕거렸다.

"이름뿐인 곳이군요."

"네, 상식적으로 말이 안 되는 취업입니다."

자엔픽스는 공식적으로는 화장품 수입 업체다.

하지만 수영여대는 인 서울 여대 중에서도 상당히 비전이 있는 명문으로 분류되는 곳이다.

"회사 공시를 좀 확인해 봤는데 직원이 채 스무 명도 안 되는 작은 회사입니다. 월급도 무척이나 적고요."

"유령이라 판단하시는군요."

고문학은 고개를 끄덕거렸다.

"그렇지 않다면 그 학벌을 가지고 그런 회사에 다닐 이유가 없지요. 더군다나 이름도 다르고요."

성도 다르고 이름도 다르고 심지어 나이도 다르다.

그야말로 자신을 철저히 감췄다고밖에

"아마도…… 수영여대에서도 상당히 공부를 잘하는 타입

아니었나요?"

"그건 맞습니다. 그래서 더 이해가 안 가고요. 더 좋은 회사에 취업이 가능했을 텐데."

"모집한 거군요."

"모집요?"

"네. 국정원이라는 기관이 좀 뭐랄까, 비밀이 많지 않습니까?"

인터넷에 국정원 블랙 요원 대모집이라고 홍보를 할 수도, 아무나 데려다가 너는 지금부터 국정원 블랙 요원이라고 말할 수도 없는 노릇이다.

"그런 경우에 가장 흔하게 쓰는 방식이 바로 대학에서 모집하는 겁니다."

쉽게 말해서 국정원 요원이 대학에 찾아가서 국정원에 대해 홍보하고 블랙 요원 지원자들을 뽑는 것이다.

"그런 식으로 뽑는다고요?"

"아니면 뭐 국가고시라도 볼 줄 알았습니까?"

"하긴…… 그러네요."

국정원 블랙 요원을 국가고시로 뽑지는 않을 테니 어찌 보면 당연한 일이다.

"일반적으로 모집에 나서는 사람은 화이트 요원입니다. 국정원에서 드러나 있으며 공식적인 업무를 보는 사람들이지요."

그들은 국정원에 대해 대학에서 홍보하고 지원자들을 모

집한다.
"그리고 그렇게 모집된 모든 자료는 그 순간부터 기밀이 됩니다."
누가 모집에 응했는지도 드러나지 않는다.
"모집한다고 끝이 아니지요."
그들에 대해 뒷조사를 하고 그들이 안전한 사람인지 충성심이 있는지 등등을 확인한다.
"그리고 그들이 졸업을 하면 자연스럽게 국정원 블랙 요원으로 들어갑니다."
"그때 쓰는 게 유령 기업이군요."
"네."
국정원 블랙 요원으로 취업했다고 말할 수는 없으니까.
"공식적인 월급만 제대로 주면 부모가 뭐라고 하지는 않으니까요."
그렇게 모집된 블랙 요원들은 훈련을 받고 세뇌에 가까운 교육을 받는다.
"그러면 짜란, 국정원 블랙 요원이 탄생하는 거지요."
"으음…… 그러고 보니 국정원 블랙 요원에 대해서는 알려진 게 없네요."
"그런 게 외부에 쉽게 드러나면 그게 국정원이겠습니까?"
노형진은 피식 웃으며 말했다.
"애초에 국정원 요원이 홍보하러 가는 대학도 한정되어 있습니다."

그들도 인 서울의 유명대를 선호하지 지방대를 선호하지는 않는다.

"일단 진짜 신분을 찾았으니 우리가 할 건 하나뿐이지요."

"어떤 거죠?"

"부모님을 소환하는 거지요, 후후후."

⚖

서소라는 기자들의 눈치를 보면서 시간을 확인했다.

'아무리 국가를 위한 일이라고 하지만 좀 귀찮네.'

그녀 입장에서 현재 벌어지는 일은 국가의 일이었다.

그 과정에서 주영진의 인생이 망가지는 것은 문제가 아니었다.

"언니, 오늘 또, 또 울어야 해? 언제까지 이래야 하는 거야?"

같이 일을 하는 정성아의 말에 서소라는 눈을 찌푸렸다.

"조금만 참아. 일단 일이 정리되면 해외 지부에 자리 만들어 준다고 했으니까."

"난 가능하면 프랑스가 좋은데."

"유럽 쪽이 좋기는 하지. 아마 그쪽으로 가게 될 거야. 유럽 쪽이 상대방이 추적하기 쉽지 않을 테니까."

그녀들은 버려진 여자들치고는 아무렇지도 않게 이야기하

고 있었다.

"빨리 끝나면 좋겠는데."

"나도 그랬으면 좋겠다."

이슈화를 위해 노력하고 있기는 하지만 그것 자체가 사실 부담스러운 일이다.

서소라의 경우는 국정원 요원이다.

공식적으로는 힘든 친구를 도와주기 위해 나선 것으로 되어 있지만 원래 목적은 옆에 있는 여자를 도와주기 위해, 아니 감시하기 위해 나왔다고 봐야 할 것이다.

'이런 여자를 왜 쓰는 건지……. 아니다, 방법이 없는 건가.'

애초에 정성아는 한국 사람도 아니다.

한국 사람을 쓰기에는 위험부담이 너무 컸다. 얼굴을 드러내야 하는데, 누군가 그녀를 알아볼 수도 있으니까.

더군다나 한국에서 계속 살아야 하기 때문에 나중에 그게 문제가 될 가능성도 높다.

하지만 그녀는 중국인이다.

정확하게는 중국 국적을 가진 한국계, 즉 조선족으로, 중국에 만들어진 국정원 조직에 속해 있었다.

물론 중국인이 국정원 요원이라는 게 이해가 안 갈 수도 있지만, 아무리 잘난 조직이라고 해도 해당 지역 사람이 도와주지 않으면 정보는 얻을 수가 없다.

그녀에게 접근한 국정원은 그녀에게 한국 국적을 주고 일이 끝난 후에 원하는 근무 지점에 들어가는 조건으로 일을 맡긴 것이다.

어차피 국정원의 돈을 받고 도와준 순간부터 중국 공산당에게 잡히면 반역으로 좋은 꼴을 못 본다는 것을 잘 아는 그녀는 좋다고 받아들인 것이고 말이다.

애초에 존재하던 사람이 아니었으니 당연히 대룡에서 아무리 조사를 한다고 한들 뭐가 나올 리 없었다.

다행히 그녀는 원래 한국어를 잘했고, 교정을 거쳐서 누가 봐도 한국 사람처럼 말할 수 있었다.

"빨리 일 끝내고 가고 싶네."

"그러면 좋겠지만……."

서소라는 얼마 전 터진 일을 생각하며 눈을 찌푸렸다.

'도대체 정자를 왜 기증한 거야?'

이해가 안 가는 건 아니다.

하지만 주영진이 정자를 기증했기 때문에 정자를 내놓은 방식으로 그에게 죄를 뒤집어씌우는 게 곤란해져 버렸다.

물론 그런다고 해서 작전이 바뀐 것은 아니다.

'뭐, 상관없지. 도리어 잘된 일이라고 하니까.'

이번 사건의 핵심은 주영진을 몰락시키는 게 아니라 주영진을 이용해서 사람들의 시선을 돌리는 것이다.

저쪽이 그냥 두들겨 맞아도 이슈가 되겠지만, 저쪽에서 나름 방어를 한다면 그 싸움과 이슈는 더 자극적이고 더 빠르게 퍼져 나갈 수밖에 없다.

실제로 자신들과 거리를 두던 몇몇 단체가 주영진이 반박을 하고 나자 도와주겠다고 나서기도 했다.

그들은 이 사건이 이슈가 되면서 자기들의 이름을 알릴 수 있다고 생각했던 것이다.

'그러면 좋기는 하지만 말이지.'

서소라는 그렇게 생각하면서 시계를 힐끔 보았다.

물론 정상적인 피해자라면 기자회견을 이렇게 자주 하지 않는다.

그러나 그들은 어떻게 해서든 이슈를 끌어야 하니 기자회견을 자주 할 수밖에 없었다.

"시작하지요."

시간이 되자 서소라는 정성아를 데리고 무대로 향했다.

물론 그녀는 올라가지 않았다.

그녀의 일은 무대 아래에서 정성아를 감시하며 전반을 통제하는 것이었다.

그리고 정성아가 내려오면 같이 울어 주며 피해자가 여러 명이라는 이미지를 만들어 주는 것이 그녀의 임무였다.

물론 대부분의 기자들이 그녀들에게 오더를 받고 기사를 쓰고 있으니 그다지 어렵지 않은 일이었지만.

"저는 진짜 억울합니다. 저는 주영진 씨를 믿고 모든 걸 다 바쳤습니다. 주영진 씨는 아내와 이혼하고 저와 결혼하겠다고 했어요."

눈물로 호소하는 정성아를 보면서 서소라는 피식 웃었다.

'연기는 참 잘한다니까.'

그리고 기자들 쪽으로 고개를 돌리던 서소라의 눈길이 어느 순간 굳은 듯 멈췄다. 그리고 격하게 눈꺼풀이 떨리기 시작했다.

그녀는 자신이 보는 사람 역시 자신을 보고 있다는 사실에 공포심까지 느꼈다.

"연주야! 네가 여기에 왜 있어!"

비명을 지르듯이 말하는 중년의 아주머니.

때마침 정성아가 말을 멈춘 상태였고 침묵이 흘렀기 때문에 모두의 시선은 그녀에게로 향했다.

"연주? 그게 누구?"

"누구지?"

어리둥절한 표정이 되는 기자들.

서소라, 아니 홍연주는 난데없이 나타난 사람, 그러니까 자기 어머니의 등장에 당혹감을 감출 수가 없었다.

"저분이 연주 씨라고요?"

"네, 제 딸 홍연주예요."

그녀는 상황을 모르는 듯 말했다.

하긴 그녀 입장에서는 딸이 어떤 일을 하는지 모를 테니까 당연한 말이었다.

"어……."

아무리 침착하라고 교육받은 홍연주지만 이 상황에서는 침착할 수가 없었다.

그런 그녀에게 노형진의 질문이 날아왔다.

"서소라 씨라고 하지 않았던가요?"

어떤 사람을 흔들기 위해 가장 좋은 것은 그의 진실성을 부정하는 것이다.

"누구시죠?"

"아, 이번에 주영진 씨의 변호를 맡은 노형진 변호사라고 합니다. 그런데 방금 이분이 홍연주라고 하시는 걸 들었는데요. 서소라 씨라고 하지 않으셨나요?"

노형진은 마치 아무것도 모른다는 듯 물었다.

물론 모를 리 없다.

몰랐다면 그녀의 어머니를 데리고 왔을 수가 없으니까.

"아니, 난……."

"연주야, 이게 어떻게 된 거야? 지금 이 상황은 뭐고?"

전혀 상황을 모르는 그녀의 어머니는 계속 물어볼 수밖에 없었다.

그녀가 들은 이야기는 자신의 딸이 사기를 치고 돈을 빼앗으려고 하는 것 같으니 가서 말려 달라는 것뿐이었다.

"아니…… 그게……."

물론 증거는 충분했다.

그녀가 그동안 아무리 자신을 드러내지 않았다고 해도 정성아와 함께 움직이면서 사진 한 장 찍히지 않을 수는 없었으니까.

그리고 정성아의 사건이 수천억대 사기 사건이 될 수 있다는 사실에 서소라, 아니 홍연주의 어머니는 나오지 않을 수가 없었다.

'딸이 국정원에 다니고 있는 걸 모르니 당연히 다른 생각이 날 수밖에 없지.'

더군다나 그녀는 딸이 좋은 대학을 나왔지만 취업에 실패해서 좋지 않은 곳에 다니는 걸로 알고 있다.

그런데 그런 딸이 돈에 눈이 멀어 사기를 칠 수도 있다 하니 다급하게 움직일 수밖에 없었다.

"연주야? 아니지? 네가…… 사기라니? 사기 치는 거 아니지?"

"사기? 무슨 사기?"

기자들은 당혹감을 감추지 못했다.

기자들이라고 해서 모든 것을 다 아는 건 아니다.

어찌 되었건 이건 국정원의 작전이고, 모든 걸 기자들에게 말할 수는 없다.

그들이 들은 건 이 사건을 띄우라는 말뿐이었다.

그런데 이건 생각지도 못한 일이 터진 셈이다.

"사기라고?"

"아니, 이게 사기가 되는 일이야?"

이해가 안 가는 기자들.

"잠시만요! 이건 내 기자회견이라고요!"

눈치 빠른 정성아는 다급하게 기자들을 통제하려고 했지만 이미 상황은 한쪽으로 쏠리고 있었다.

"연주야, 말 좀 해 봐. 이게 무슨 일이야!"

홍연주의 어머니는 현실을 인정할 수가 없었기에 딸을 다그쳤다.

그리고 딸인 홍연주 입장에서는 선택지가 없었다.

"어머니라니요! 난 당신 같은 사람 모릅니다!"

얼굴이 사색이 된 어머니는 그대로 주저앉았다.

자신의 딸에게 부정당한 어미의 심정을 그 누가 알까.

'와, 완전 독종이네.'

노형진은 혀를 내둘렀다.

물론 독종이니까 국정원 요원이 되었을 것이다.

'다만 그렇게 한다고 해서 문제에서 자유로워지는 건 아니지.'

물론 부정할 수도 있다. 충분히 그럴 수도 있다.

하지만…….

"그러면 유전자 검사를 하시는 데 전혀 문제가 없겠네요?"

"뭐요?"

노형진의 갑작스러운 말에 홍연주는 당황했다.

"이분은 당신이 딸이라고 했습니다. 그런데 당신은 아니라고 했지요. 그럼 둘 중 하나는 거짓말을 하는 건데, 가장 확실하게 확인할 수 있는 방법은 유전자를 검사하는 것 아닙니까?"

"그건……."

홍연주는 어떻게 해야 할지 몰랐다.

고문에 대한 훈련이나 심리를 흔드는 전술에 대항하는 법, 회유나 심지어 거짓말탐지기를 이기는 훈련까지 다 했다.

하지만 유전자 검사에 대해서는 뭐라 할 말이 없었다.

아니, 애초에 유전자 검사로 뭔가를 증명한다고 하면 그걸 부정할 방법이 없다.

"유전자 검사를 하면 요즘은 사흘이면 결과가 나오지요. 만일 유전적으로 맞지 않는다면 당신의 말이 맞을 테지만, 유전자가 맞는다고 하면……."

노형진은 말을 하지 않았지만 그다음에 이어질 법한 말은 뻔하다.

도대체 얼마나 큰 사기를 치려고 친엄마까지 부정한단 말인가?

"그건……."

홍연주는 어떻게 해서든 상황을 벗어나기 위해 노력했다.

하지만 수많은 기자들로 가득한 기자회견장이다.

여기서 도망친다는 것 자체가 사실상 자신의 잘못을 인정하는 것이나 마찬가지.

"아니면 유전자 검사를 하지 못할 다른 이유가 있습니까?"

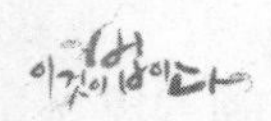

노형진의 말에 홍연주는 침을 꿀꺽 삼켰다.

그리고 슬쩍 다른 곳으로 시선을 돌렸다.

'그렇지. 여기에 있는 게 홍연주 혼자일 리 없지.'

국정원에서 사력을 다해서 설계한 작전이다. 어떻게 해서든 이슈를 타기 위해 말이다.

홍연주 혼자 정성아와 다른 기자들을 통제할 리 없다.

'그리고 보통 이런 경우는…….'

"고구려일보의 조종치 기자입니다. 지금 갑자기 제삼자를 데리고 와서 친구분을 공격하시는데, 이건 피해자와 전혀 상관없는 사건 아닌가요?"

노형진도 이런 기자회견을 할 때 바람잡이를 집어넣는다.

그들을 통해 분위기를 이끌기 위해서.

그 정도 간단한 수작을 국정원에서 하지 않을 리 없다.

"누구시라고요?"

"고구려일보 조종치 기자입니다. 답변을 해 주십시오. 왜 제삼자를 데리고 와서 친구분을 공격하시는 건가요? 설마 사건을 덮으려고 하시는 겁니까?"

노형진은 그를 뚫어지게 바라보았다.

그리고 핸드폰을 들었다.

"뭐 하는 겁니까?"

"답변을 드리는 겁니다."

"누구한테요?"

"조종치 기자님한테요."

노형진은 전화기로 간단하게 고구려일보의 전화번호를 검색해서 그쪽에 전화를 걸었다.

그러자 그 조종치라는 기자는 당황해서 주춤주춤 물러났다. 하지만 다른 기자들 때문에 도망갈 수가 없었다.

-네, 고구려일보입니다.

"조종치 기자님을 찾습니다."

-무슨 일 때문에 그러시지요?

"조종치 기자님이 하신 질문이 있는데 그에 대한 답변을 드리려고요."

-잠시만 기다려 주십시오.

핸드폰에서 울리는 음악 소리.

그리고 얼마 지나지 않아서 들리는 목소리.

-조종치 기자입니다. 그런데 누구시라고요?

노형진은 씩 웃었다.

그 웃음을 본 조종치 기자, 아니 조종치 기자라고 주장하는 남자는 도망가고 싶은 듯 주변을 둘러봤지만 이미 주변의 기자들은 화가 난 눈빛으로 그를 노려보고 있었다.

'그렇지.'

기자들이 가장 싫어하는 것이 자신들에 대한 사칭이다.

사칭을 당하는 것도 기분 나쁜 일이지만, 대부분의 사칭은 그를 통해 이득을 얻어 내는 것이 목적이기 때문이다.

당연히 이게 법적으로 문제가 생기면 그들은 조사를 받기 위해 숱하게 불려 가야 한다.

-무슨 일 때문에 그러십니까?

노형진이 조용하자 상대방은 다시 한번 물었다.

노형진은 그런 그에게 차분하게 말했다.

"지금 제 앞에서 조종치 기자라는 분이 답변을 요구하고 있습니다."

-…….

상대방은 아무런 말도 하지 못했다.

어이가 없을 테니까.

잠시 후, 상대방은 나직한, 그러나 분노로 가득한 어조로 물었다.

-동명이인 아닙니까?

"고구려일보에 조종치라는 기자분이 또 계신가요?"

-없지요. 거기 어디입니까? 금방 가겠습니다.

"여기 아시아호텔 컨벤션 홀입니다."

-그놈 좀 꼭 잡고 계십시오. 바로 경찰 부르겠습니다.

"걱정하지 마십시오. 어차피 지금 도망도 못 가는 상황입니다."

노형진은 그렇게 말한 뒤 전화를 끊었다.

그리고 조종치라고 주장한 그 사람에게 물었다.

"그래서, 누구시라고요?"

"……."

그는 어떻게 해서든 도망가고 싶은 눈치였다.

하지만 주변의 기자들이 그냥 두고 보지 않았다.

"문 잠그세요!"

노형진은 그걸로 끝내지 않았다.

"뭐 하는 겁니까?"

"아니, 상황을 보아하니 거짓말을 한 사람이 저 사람만 있지는 않은 것 같아서요."

"뭐요?"

"친구의 이름도 가짜고 들어온 기자도 가짜인데, 이 안에 가짜가 얼마나 있을지 알 수가 없지 않습니까?"

"그건……."

"그렇기는 하네."

기자회견장 안의 몇몇 사람들이 노형진의 말을 듣고 고개를 끄덕였다.

노형진은 기자들을 바라보며 말했다.

"평소에 친분이 있고 기자인 게 확실한 분들끼리 함께 뭉쳐 주십시오. 가짜 기자까지 동원해서 제 의뢰인인 주영진 씨에게 돈을 뜯어내려고 하는 사기 사건입니다. 이거, 단 세 명이서 한 것 같지는 않네요."

노형진의 말에 기자들은 서로서로 뭉치기 시작했다.

"물론 뭉친다고 해도 신분 확인은 끝난 후에 할 겁니다.

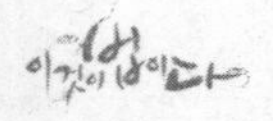

아시지요?"

"알겠습니다."

기자들은 눈을 번쩍거렸다.

주영진이 바람피웠다는 주장도 이슈가 되지만 주영진에게 몇천억대 사기를 치려고 했다는 사실 역시 흥미진진한 사건이니까.

"그래서 홍연주 씨. 아니, 서소라 씨라고 불러 드려야 하나요? 유전자 검사를 하려고 하는데, 어떻게 생각하십니까?"

"……."

서소라는 이를 악물었다.

그녀가 할 수 있는 것은 그저 노형진을 잡아먹을 듯 노려보는 것뿐이었다.

⚖

"언론이 아주 난리가 났네요."

주영진은 긴 한숨을 쉬며 말했다.

"한번에 분위기가 뒤집어졌습니다."

"그래서 제가 기자회견을 하게 둔 거지요."

그 안에서 발각된 가짜 기자만 무려 다섯 명이었다.

그들은 경찰에 인계되었고, 새론에서 변호사가 찾아가서 그들이 유치장에 있는 걸 감시하고 있었다.

"국정원 입장에서는 아마 입술이 바짝바짝 마를 겁니다. 그들도 역시 국정원 요원일 테니까요."

그런데 그들이 경찰에 잡혀갔다.

당연하게도 그들이 제출한 신분증은 다 가짜였고 말이다.

"조용히 드러난 것도 아니고 기자회견장에서 터졌으니 감출 수 있는 상황이 아니었지요."

국정원에서 아차 싶어서 막으려고 했을 때는 이미 속보로 해당 뉴스가 인터넷에 파다하게 뜬 상황이었다.

"그들을 꺼낼 수도 없고 그렇다고 그냥 둘 수도 없는 상황일 겁니다."

"그러니까요."

당장 오전에만 해도 주영진은 천하의 개자식 취급받고 있었지만 지금은 사기꾼에게 노려진 불쌍한 연예인 취급이었다.

"물론 여전히 주영진 씨를 의심하는 사람들이 있지만 말이지요."

"끄응…… 그건 그렇습니다만."

"한 가지 확실한 건, 정성아는 이제 외부에 도움을 청할 수 없는 상황이 되었다는 겁니다."

홍연주는 끝까지 유전자 검사를 거부했다.

하지만 홍연주의 얼굴이 팔리고 그 친구들이 등장하기 시작하자 그녀의 인생은 끝나고 말았다.

사기를 치기 위해 부모까지 부정한 나쁜 년으로 말이다.

"이제 정성아만 잡으면 됩니다."

"하지만 정성아를 사기로 고소한다고 해도 제대로 조사가 이루어질지……."

노형진은 씩 웃었다.

"그래서 지금 필요한 게 주영진 씨의 아내분입니다."

"제 아내요?"

"네. 사실 정자 기증 같은 건 혼자 해도 됩니다."

그걸 쓴다는 건 아내가 동의해 줄 때의 이야기지만 보관 자체는 혼자 해도 된다.

"그런데 제가 왜 아내분을 설득하라고 했겠습니까?"

"글쎄요."

"아내분이 이 상황에서 취해야 할 태도는, 화내거나 억울해하는 것이 아닙니다."

주영진에게 화를 내면 남편을 못 믿은 것이 된다.

반대로 정성아에게 화를 내면, 범죄와 상관없이 무조건 주영진 편이라고 욕먹을 것이다.

"하지만 아내분이 정당하고 합당한 선택을 하신다면 아내분을 깔 수 있는 사람이 없게 되지요."

"어떻게 말입니까?"

"주영진 씨도 착한 사람인데 아내분도 착하면 어떻겠습니까? 후후후후."

거짓말은 거짓말을 부르고

주영진의 아내는 얼마 후 기자들에게 생각지도 못한 의견을 보냈다.

제 남편이 이번 일에 연루된 것에 대해 참담하게 생각합니다. 하지만 저는 아내로서 남편의 말이 맞다고 생각할 수밖에 없습니다. 그러나 또 다른 당사자로서 정성아 씨의 간절한 마음을 이해하지 못하는 것도 아닙니다.

저는 이번 사건에 대해 섣불리 말할 수 있는 처지는 아닙니다만, 제가 걱정하는 것은 정성아 씨의 아이입니다.

정성아 씨는 현재 정신적으로 또한 육체적으로 상당한 압박을 받고 있다고 생각합니다.

그녀의 말이 진실이든 아니든, 그녀가 가진 아이는 보호를 받아야 마땅하다고 생각합니다.

이에 저는 주영진의 아내가 아니라 한 명의 사회인으로서 정성아 씨를 병원에 입원시켜서 케어를 해 드리고자 합니다.

스트레스 방지를 위해 1인실을 제공해 드릴 것이며 그에 소요되는 모든 비용은 남편이 아닌 제가 제공할 생각입니다.

그 과정에서 아이의 유전자 검사 등을 요구하지도 않을 생각입니다.

유전자 검사 등의 문제는 제 결정이 아닌 법원의 결정에 따라 하겠습니다.

또한 추후 아이의 유전자 결과가 어떻게 나오든 그 금액에 대한 청구는 하지 않을 생각입니다.

말 그대로 대인배스러운 결단이었다.

상황이 이상하게 돌아가면서 많은 사람들이 색안경을 끼고 보기 시작했지만 상황이 어찌 되었건 아이가 우선이라는 그녀를 욕하는 사람은 거의 없었다.

그리고 당연하게도 정성아는 그런 그녀의 배려를 거절할 수가 없었다.

당장 불리한 조항이 하나도 없었으니까.

"거기서 도망가면 진짜 그녀가 사기를 치고 있다는 것을 증명하는 셈이거든요."

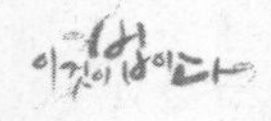

"어째서요?"

"아내분은 가해자임과 동시에 피해자 포지션을 가지고 있으니까요."

만일 여기서 그녀가 주영진을 무조건 편들면 사람들이 보기에는 그녀는 가해자가 된다.

하지만 주영진이 그녀를 속이고 바람피운 것이 사실이라면, 엄밀하게 말하면 그녀 역시 피해자다.

바람은 배우자를 속이고 배신하는 행동이니까.

"그리고 이러한 발표는 그녀의 피해자적 입장을 도드라지게 보여 주지요."

병원 로비에서 노형진은 주영진과 이야기하면서 안으로 들어가고 있었다.

"그리고 그게 제가 노린 거고요."

그렇게 안으로 들어간 노형진은 느긋하게 사람들을 바라보았다.

"그리고 병원에 가면 당연하게도 국정원은 병원으로 접촉할 겁니다."

"유전자 검사를요?"

"아니요. 유전자 검사는 할 수가 없지요."

진짜 임신이었다면 벌써 양수 검사를 통해 유전자 검사를 끝냈을 테니까.

"그런데 병원에서 임신하지도 않은 걸 임신했다고 해 준다고요?"

"할 수밖에 없을 겁니다. 국정원 아닙니까?"

아무리 그들이 다급한 상황이라고 해도 병원에 압력을 행사하는 건 어려운 일이 아니다.

"그래서 제가 오늘 일정을 잡으라고 한 거고요."

오늘은 다름 아닌 아이의 초음파 검사를 하는 날이다.

"주영진 씨와 아내분이 거기에 동석하는 건 거북스러운 상황이지만, 마냥 안 된다고 할 수도 없지요."

주영진은 애아빠고 아내는 정성아를 보호하고 있는 사람이다.

그러니 그녀의 초음파 검사에 동석하는 게 이상한 것도 아니다.

"그리고 초음파 검사를 하면 유전자 검사고 뭐고, 임신하지 않았다는 게 드러날 수밖에 없지요. 그러니 국정원 입장에서는 어떻게 해서든 검사에 손대려고 할 겁니다."

"하지만 그걸 어떻게요?"

"그건 비밀입니다."

노형진은 웃으면서 안으로 들어갔다.

물론 상황이 상황이니만큼 분위기가 좋지는 않았다.

"아이의 건강을 최우선으로 해서 살펴 주세요, 선생님."

"그러지요."

정성아가 침대에 눕고, 천천히 초음파 검사가 시작되었다.

그러자 화면에 조금씩 움직이는 아이의 모습이 보였다.

'평소라면 생명의 신비를 이야기하겠지만…….'

노형진은 그 영상을 보면서 입맛을 다셨다.

물론 병원에서도 공식적으로 임신 검사를 했다.

그리고 그 결과는 당연하게 임신 3개월.

"아직 아이의 성별은 잘 모르겠네요. 하지만 잘 놀고 있네요, 허허허."

의사 선생은 사람 좋은 미소를 지으면서 천천히 검사기를 움직였다.

그리고 그에 따라 움직이는 영상.

"건강은 어떤가요?"

"다행히 건강해 보입니다. 물론 아직 위험한 시기이기는 합니다만."

"그러면 유전적인 질병은 없어 보이나요?"

"그런 건 없어 보입니다."

"그런데 저 아이가 생각보다 안 움직이네요?"

"자고 있는 것 같네요."

노형진은 의사 옆에서 끊임없이 말을 건넸다.

물론 의사는 나름대로 최선을 다해서 설명을 해 줬다.

'하지만 난 안 보는군.'

그의 눈은 오로지 화면에만 고정되어 있었다.

노형진은 그걸 확인하고 화면을 보는 척하면서 슬쩍 초음파 검사기로 다가갔다.

"그런데 저건 뭐지요?"

"뭐요?"

"잠깐, 아까 그 자리로 돌아가 주시겠습니까? 뭔가 보인 것 같아서요."

"아…… 지금은 급한 게 아니니까 나중에 다시 확인해 보지요."

의사는 노형진의 말에도 그다지 신경을 쓰지 않고 스윽 그곳을 넘어갔다.

그렇게 10분 정도의 짧은 검사가 끝나고 의사는 땀을 닦으며 말했다.

"아이는 건강합니다. 아무런 문제도 없네요……."

노형진은 그걸 보고 기가 막혔다. 초음파 검사가 땀을 그렇게 흘릴 정도로 힘든 일인가 싶었으니까.

'아니, 다른 이유로 흘리는 거겠지.'

노형진은 피식 웃으며 의사에게 다가갔다.

"그런데 의사 선생님."

"네?"

"아이는 참 건강한 것 같은데요."

"그런데요?"

"하지만 이 장비는 그렇지 않은 것 같은데요?"

"네? 그게 무슨 말입니까? 장비가 건강하지 않다는 말이……."

장비로 고개를 돌리던 의사의 얼굴이 핼쑥해졌다. 그럴 수밖에 없는 게, 초음파 검사기의 케이블 중간이 끊어져 있으니까.

"신기하군요, 케이블이 끊어졌는데 화면이 나오고. 와이파이 지원 모델인가 보군요. 다시 한번 해 볼 수 있을까요?"

"그건……."

노형진의 손에 들려 있는 가위.

누가 봐도 노형진이 중간에 몰래 그걸 끊어 버린 것이었다.

"지…… 지금 무슨 짓을 한 겁니까! 이게 얼마짜리인데!"

"그건 제가 고쳐 드리지요. 하지만 중요한 건 수리비가 아닐 텐데요? 이거 아무리 봐도 와이파이 지원 모델은 아닌 것 같은데요."

"그건……."

노형진은 의사를 바라보면서 피식 웃었다.

"이거 지금 촬영 중인 거 아시지요? 이에 대한 해명을 어떻게든 해야 할 겁니다. 아, 그리고 안전을 위해 병원을 옮기겠습니다. 무슨 말씀인지 아시지요?"

"그건……."

의사는 참담한 표정으로 고개를 숙일 수밖에 없었다.

"어떻게 아신 겁니까?"

주영진은 진짜 물어볼 수밖에 없다는 듯한 표정으로 말했다. 그는 전혀 이상을 느끼지 못했는데 노형진은 눈치를 채고 바로 가위로 선을 잘라 버린 것이다.

아니, 가위가 아무렇게나 돌아다닐 만한 공간이 아니니 애초에 이 상황을 예상했다는 소리나 마찬가지다.

"초음파로 임신 여부를 확인하는 게 기본이니까요."

더군다나 주영진의 아내는 법원에서 결정을 내리기 전까지 양수를 통한 유전자 검사를 하지 않겠다고 했다.

"그런 상황에서 임신 여부를 확인하는 방법은 두 가지뿐이지요."

하나는 임신 키트를 통한 검사. 하지만 임신 키트는 간이 검사일 뿐이다.

그러니 정식 검사로 볼 수밖에 없고, 어차피 그걸 해도 초음파 검사는 해야 한다.

"나머지 하나는 초음파 검사이고요."

그리고 초음파는 화면을 통해 아이의 모습을 확실하게 인식할 수 있는 가장 확실한 임신 검사다.

"그리고 화면이라는 것은, 결국 녹화된 영상을 틀 수 있다는 것이지요."

그렇게 개조하는 건 어려운 일이 아닐 것이다.

어쩌면 그런 기능이 기본으로 있을지도 모르고 말이다.

"제가 이상하게 생각한 건 의사의 행동이었습니다."

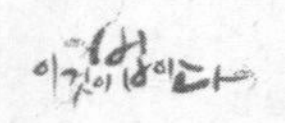

노형진이 가자마자 처음부터 가위로 선을 잘라야겠다고 생각한 건 아니다. 이상한 게 보이면 자르려고 한 것이다.

그리고 노형진이 이상하게 생각한 것은 의사의 행동이었다.

"제가 계속 말을 거는데 제 쪽은 단 한 번도 보지 않더군요. 일반적으로 의사는 이야기하면서 산모나 다른 사람들과 계속 눈을 마주칩니다. 불안감을 해소시키기 위해서요."

"그걸 어떻게 아십니까?"

'나도 해 봤으니까.'

물론 회귀 전이지만 말이다.

"그냥 여기저기서 봤습니다. 그런데 그 의사는 눈이 계속 모니터로만 향해 있더군요."

심지어 산모나 자신과 이야기할 때도 계속 눈으로 모니터만 흘깃거리고 있었다.

"그래서 안 겁니다."

그의 입장에서는 어쩔 수가 없었을 것이다.

녹화 영상이라는 것은 결국 그 영상에 맞춰 그가 기기를 움직여야 한다는 의미가 되니까.

그러니 신경이 오로지 모니터로 향할 수밖에 없었던 것이다.

"그래서 제가 끊어 버린 겁니다."

섣불리 그걸 빼앗으려고 하면 나중에 문제가 될 수 있다.

하지만 노형진은 몸을 가린 채로 선을 끊어 버렸고, 기물 파손으로 배상해 줘야 할 처지가 되었지만 그 의사가 연기하는 건 그대로 찍혀 버렸다.
"그게 언론에 나갔으니 그들은 똑같은 짓을 할 수가 없지요."
노형진은 웃으며 말했다.
"그리고 이번에 갈 병원은 절대로 그런 외압에 당할 만한 곳이 아니거든요."
"어디인데요?"
"대룡 종합병원입니다."

대룡 종합병원은, 아니 대룡은 그들에게 이용당하는 처지였다.
노형진은 그래서 그곳으로 향했다.
사실상 같은 적을 두고 싸우고 있는 대룡에 국정원의 입김이 통할 리가 없으니까.
그리고 국정원도 멍청하게 대룡에 대고 그걸 조작하라고 할 수는 없었다.
당연하게도 거기서 나오는 결과는 아주 정상적이었고, 또 반박할 건덕지가 없었다.
"임신이 아닙니다."
"그 말이 사실입니까? 임신이 아니에요?"
"그렇습니다. 초음파 검사 결과뿐만 아니라 소변검사, 혈

액검사, 심전도검사 등등 모든 검사를 다 했습니다만, 정성아 씨에게서는 어떠한 임신 징후도 발견되지 않았습니다."

"그러면 이 모든 게 사기였다는 건가요?"

"저희는 그렇게 판단합니다."

병원의 발표에 나라가 발칵 뒤집어졌다.

정성아와 홍연주는 얼굴이 팔렸고, 기자를 사칭하던 이들 역시 얼굴이 팔렸다.

거짓말이 거짓말을 불렀고, 그때마다 그들은 노형진에게 걸려서 그 거짓말이 파훼되었다.

"하지만 여전히 문제가 있네."

유민택은 노형진에게 걱정스럽게 말했다.

"자네도 알다시피 이건 주영진의 문제를 해결한 것뿐이야. 사실 우리 문제는 전혀 해결되지 않았네."

"그쪽에서 적대적으로 나오려고 하는 모양이지요?"

"아직도 그러네. 자네 말마따나 우리가 가장 위협적인 적이지 않나?"

그러니 어떻게 해서든 대룡을 견제하려고 하는 것이 뻔했다.

"그렇다고 우리가 국정원을 상대로 싸움을 걸 수는 없네. 자네도 알지 않나?"

아무리 대룡이라고 해도 국정원이라는 존재는 부담스러울 수밖에 없다.

"더군다나 이번 일의 배후에 국정원만 있는 게 아니지 않나?"

두한?

어떻게 해서든 싸워 볼 수는 있다.

국정원?

부담스럽기는 하지만 그들은 음지에서 조용히 움직이는 특성을 가지고 있으니 당장 큰 타격을 주지는 못한다.

"하지만 이런 작전의 배경에는 국회의원들이 있지 않나?"

"그렇지요."

국회의원들은 두한에 개인 정보를 넘기는 걸 조건으로 막대한 이득을 약속받았을 게 뻔하다.

만일 여기서 대룡이 싸움을 걸기 시작하면 대룡은 국정원, 두한 그리고 국회의원이라는 세 개의 적을 상대로 싸워야 하는데, 그건 아무리 대룡이라고 해도 결코 이길 수 없는 상황이 된다.

"그러니 우리가 싸우기 전에 그들의 행동을 막아야 하는데, 방법이 없지 않나?"

유민택이 걱정하는 부분이 바로 그거였다.

자신들이 아무리 노력해도 결국은 할 수 있는 일이 한정되어 있다는 것 말이다.

"압니다. 그래서 제가 여기까지 주영진 씨 사건을 끌고 온 겁니다."

"그게 무슨 소리인가?"

"제가 주영진 씨 사건을 일찌감치 해결하지 못해서 여기까지 끌고 온 거라고 생각하십니까?"

"흠…… 그건 아니겠지."

노형진은 말했다, 그들이 움직이면 그 약점을 잡기 위해 주영진이 공격당하게 둔 거라고.

"그리고 이것도 말씀드렸지요, 그들을 공격하는 두 가지 방법에 대해서요."

하나는 그들이 가짜라는 것을 증명하는 것, 다른 하나는 그들 스스로 말하게 하는 것이라고 했다.

유민택은 기억이 난다는 듯 고개를 끄덕였다.

"그렇지. 그리고 그들이 가짜라는 것을 명확하게 증명했고 말이야."

임신도 가짜, 친구도 가짜, 신분도 가짜, 심지어 기자들까지 가짜.

모든 게 드러난 상황에서 국정원장이 할 수 있는 일은 거의 없었다.

당장 지금 국정원장은 현 상황을 감추기 위해 사력을 다하고 있는 상황이니까.

"물론 그들은 모든 요원을 철수시켰습니다."

아직 철수하지 않은 요원이 있기는 하다.

정식으로 고발되고 신분마저 불확실한 기자들과 홍연주 같은 경우는 국정원이라고 해도 풀어 줄 방법이 마땅치 않았다.

"하지만 아직 우리 손안에 있는 사람이 있지요."

“우리 손에 있는 사람? 정성아 말인가?”

웃긴 일이지만 정성아는 아직 퇴원을 하지 못하고 있었다.

거짓인 게 드러나기는 했지만 아직 주영진이 고발하지 않았기 때문이다.

“그래서 이해가 가지 않아. 주영진이 고발하지 않는 이유도, 정성아가 나가겠다는 소리를 하지 않는 이유도.”

“주영진 씨에게는 제가 부탁했습니다. 상황이 종료될 때까지 퇴원을 미루라고요. 정성아 같은 경우는…… 아니, 진짜 신분이 뭔지는 모르겠군요. 하긴, 상관없으려나요?”

노형진은 어깨를 으쓱했다.

“일단 정성아로 하지요. 그녀는 나가 봐야 좋은 꼴 못 볼 걸 아니까 나가겠다는 소리를 하지 않는 겁니다.”

여기서 나가면 당연히 고소가 진행될 것이다.

그리고 국정원은 자신을 도와줄 상황이 아니라는 것쯤은 알고 있을 것이다.

“나가는 순간 기자들에게 일거수일투족을 다 감시당할 테니까요.”

“그건 그렇지.”

물론 이유가 그것만은 아니다.

그녀는 중국 사람이다.

이번 일을 하는 조건으로 한국 국적을 받고 해외 지사에 발령받기로 약속받은 상황이었다.

하지만 일은 글러 먹었고, 해외 지사 발령은커녕 당장 한국 국적을 받는 것조차도 불확실한 상황이다.

그런 상황에서 그녀는 공중파에 얼굴이 팔렸다.

최악의 경우 중국 정부에 그녀가 국정원의 스파이라는 것을 들켰다고 봐야 한다.

그러니 그녀 입장에서는 나갈 수가 없다. 나가는 순간 진짜 쥐도 새도 모르게 암살당할 수 있으니까.

"설마 그녀를 설득하자는 건가?"

"그건 아닙니다. 그런 식으로 설득해 봐야 신빙성도 없고요."

이쪽에서 부추겨서 거짓을 말하라고 할 수도 있는 일이니까.

"그러면?"

"그들 스스로 모든 것을 말하게 하는 겁니다."

"하지만 정성아가 말하겠나?"

할 리 없다.

그럴 사람이라면 벌써 말을 했어야 정상이다.

"그래서 제가 그녀에게 자백제를 쓸 겁니다."

유민택의 얼굴이 창백하게 변했다.

"자네, 그걸 농담이라고 하는 건가?"

"음…… 농담은 아닙니다만?"

"자백제라니? 그건 절대 안 될 말일세!"

자백제는 국제법상에서도 금지된 약물이다.

물론 쓸 놈들은 쓰지만, 그건 어디까지나 국가 단위에서 그것도 다급할 때 쓰는 게 자백제다.

개인이 다른 사람에게 자백제를 쓰는 것은 철저하게 불법이다.

"하하하, 그렇게 겁먹지 않으셔도 됩니다. 진짜 자백제를 쓸 건 아니니까요."

"진짜 자백제를 쓸 게 아니라고?"

"네. 그걸 대체할 수 있는 약이 있습니다."

"그런 게 시중에 있다고?"

"네, 있습니다. 그리고 그걸 쓸 생각입니다. 그래서 여기로 온 겁니다. 다른 곳에서는 마음대로 그 약을 쓸 수 없으니까요."

"난 금시초문이군. 그런 약이 있다는 건 말이야."

"물론 진짜 자백제와 똑같지는 않습니다. 효과도 훨씬 약하고요. 하지만 그 작용 방식 자체는 아주 비슷하지요."

"그걸 주사하면 뭐든 대답한단 말인가?"

"그건 아닙니다."

노형진은 유민택의 말에 고개를 흔들었다.

"애석하게도 그런 약은 없습니다."

사람들은 '자백제'라는 단어 때문에 그걸 주사하면 물어보는 대로 대답하는 줄 안다.

하지만 진짜 자백제는 그런 타입이 아니다.

정확하게 말하면 노형진이 기억을 읽는 방식과 비슷하다.

자백제를 주사하면 사람은 머릿속에 있는 말을 그냥 생각 없이 뱉어 낸다.

그게 어떤 정보인지는 알 수가 없다.

그냥 생각나는 대로 말할 뿐이니까.

과거의 첫 경험일 수도 있고 자기 트라우마일 수도 있으며 어제 먹은 음식일 수도 있다.

"하지만 사람은 특정 단어가 주어지면 그와 관련된 생각을 하기 마련이지요."

노형진의 방식이 그런 것이었다.

상대방에게 조건을 부여하고 그 조건에 따라 상대방이 생각하면 그걸 읽어 낸다.

"사람들은 보통 어떤 생각이 머릿속에 떠올라도 선불리 입 밖에 내진 않습니다. 하지만 자백제는 그 통제력을 풀어 주는 거지요."

그래서 머릿속에 떠오른 것이 자연스럽게 입을 통해 나온다.

"그런데 그런 약이 있다고?"

"네, 프로포폴입니다."

"프로포폴? 그건 수면제 아닌가?"

노형진은 고개를 흔들었다.

"그건 수면제가 아닙니다. 마취제이지요."

수면제는 사람을 잠들게 하는 약이다.

그런데 수면을 하면 온몸이 완전히 풀려 버린다. 당연히 말도 못 한다.

하지만 프로포폴은 몸을 재우는 게 아니라 뇌의 통제권을 풀어 버리는 마취제다.

그래서 시술을 한 후에는 뇌가 그 시술을 했다는 것을 전혀 기억하지 못한다.

그저 그 시간 동안 푹 자고 일어났다고만 인식하기 때문에 피시술자는 기분이 좋아진다.

그래서 중독에 빠지는 사람이 생기기도 한다.

"프로포폴의 작동 방식이 그런 자백제와 같습니다."

뇌의 통제를 풀어 버림으로써 입에서 나오는 대로 말한다.

"그래서 그걸 이용한 마취를 한 경우 온갖 흑역사들이 튀어나오기도 하지요."

인터넷에서 유명한 '오빠, 거기 아냐' 사건 같은 것 말이다.

"정상적인 상황이라면 그 사람들이 그런 흑역사를 말할 리 없지요."

"오호, 그래?"

유민택은 눈을 반짝였다.

"대룡은 병원입니다. 적당한 이유를 대고 프로포폴을 쓸 수 있지요."

프로포폴이 가장 많이 쓰이는 곳은 다름 아닌 내시경이다.

"정성아는 이미 병원에 있지요. 그리고 나가지 않기 위해 뭐든 하려고 할 겁니다."

그 과정에서 건강을 위한 내시경 같은 것을 거절할 이유는 없다.

"물론 말은 해야 하니 위내시경이 아니라 장 내시경을 해야겠지만요."

노형진의 말에 유민택은 혀를 내둘렀다.

"그녀의 말이 드러나면……."

"정보를 팔고 싶어도 못 팔 겁니다, 후후후."

⚖

노형진의 예상대로였다.

그녀는 어떻게 해서든 나가지 않으려고 눈치만 보고 있었고, 그 과정에 주영진이 제시한 종합 건강검진을 거절하지 않았다.

물론 분명 이상하고 의심스러운 상황이었지만 설마 종합 건강검진으로 자신을 어떻게 할 수 있을 거라고는 생각하지 못했다.

하루에도 수십 명씩 받는 것이니까.

그러나 그게 그녀의 실수였다.

"마취 상태로 들어갔습니다."

의사는 정성아를 보고 고개를 끄덕거렸다.

물론 공식적으로 그녀는 대장 내시경을 하러 온 것이다.

그러나 약간 일찍, 그리고 더 강하게 마취가 들어갔다.
“정성아 씨.”
“우우우웅…….”
하지만 정성아는 별로 말을 하지 않았다. 아니, 못 하는 것 같았다.
“흠…….”
“그렇게 정중하게 불러서는 몰라요.”
노형진이 난감해하자 경험 많은 간호사 한 명이 옆에서 참견하고 나섰다.
“어찌 되었건 정신이 나간 거라 반응이 약하거든요.”
“그런가요?”
“그럴 때는 차라리 강하게 하는 게 반응이 빨라요. 이렇게요. 이름이 뭐예요!”
간호사는 거의 소리를 지르듯이 외쳤다.
노형진은 그에 반응할까 걱정했는데 의외로 반응이 있었다.
“류사오.”
“류사오?”
노형진은 고개를 갸웃했다.
그건 중국 이름이니까.
“중국 사람입니까? 집이 어디예요!”
“길림성……. 음냐…… 우리 집 길림성……. 으, 돼지 냄새…….”

"돼지?"

"과거의 추억이 막 튀어나오니까요."

아마도 그녀의 집에서는 돼지를 키우는 모양이었다.

"그러면 정성아라는 이름에 반응하지 않는 게 이해가 가는 군요."

류사오라는 이름은 무의식에 각인되어 있겠지만 정성아라는 이름은 가짜이니까 무의식까지 들어가지는 못했을 것이다.

그러니 정성아라고 불러도 무반응이었을 것이다.

"류사오 씨! 원래 하던 일이 뭔가요?"

"으아아아! 이 못생긴 놈아! 쫓아오지 마!"

"으잉?"

"선생님! 잘못했어요!"

"뭐라는 거냐?"

노형진은 그걸 보고 혀를 끌끌 찼다.

원하는 반응이 나오지 않을 거라는 건 알고 있었지만 진짜 중구난방이었으니까.

"제대로 된 대답을 받아 내려면 서둘러야겠군요. 정신을 차리기 전에 끝내야 하니까요."

프로포폴은 장시간 마취용으로 개발된 약이 아니다.

그러니 어떻게 해서든 빠른 시간 내에 정보를 캐내야 했다.

"중국에서 뭘 했습니까!"

"선생님…… 가난이 싫어!"

"그런데 국정원에는 왜 들어간 거지요?"

"와! 아저씨 겁나 잘생겼네!"

중구난방의 답변. 하지만 그걸 정리하면서 조금씩 그림이 그려졌다.

그녀는 원래 중국 소학교의 선생님이었으나 가난이 싫었다.

그 와중에 국정원에서 미남계를 통해 그녀를 포섭하고 정보원으로 만들자 그녀는 자연스럽게 국정원과 함께 일하게 되었다.

국정원에서 주는 돈이 그녀가 1년 동안 버는 돈보다 많았으니까.

"그래서 임신 사실을 조작하라고 얼마나 주던가요?"

"난 프랑스에 갈 거야…… 프랑스……. 프랑스로 보내 줘."

"프랑스로 보내 준다고 하던가요?"

"보내 주기로 했잖아. 파리에서 살 거야. 중국 싫어."

'네, 아니요'는 아니었지만 그래도 확실하게 드러나는 정보들.

정성아의 말을 한참 듣던 노형진은 시계를 힐끔 보았다.

더 이상 시간을 끄는 건 무리였다.

"그러면 한 가지만 더 묻겠습니다. 이 작전을 한 이유가 뭔가요? 왜 이 작전을 한다고 국정원에서 말하던가요?"

"그 남자의 애가 생겼다고 하면 언론이 난리가 날 거라고 했어……. 근데 그 남자는 완전 내 타입 아닌데, 나는 처녀다! 나는 혼자 살 거다! 헤헤헤!"

"언론에 뭔가를 감추려고 한다고 하던가요?"

"나는 혼자서 잘 먹고 잘살 거야."

하지만 추가적인 정보는 없었다.

하긴 이용 대상인 그녀에게 자세한 정보를 주었으리라고 보기는 힘들다.

"좋습니다. 이 정도면 그래도 충분한 것 같네요."

노형진이 고개를 끄덕거리자 의사들은 마주 끄덕인 뒤 바로 대장 내시경에 들어갔다.

질문이 목적이기는 했지만 일단 대장 내시경을 해 주기 위해 들어온 거니까.

"허, 어이가 없군."

일반적인 상황이 아니다 보니 참관실이 있는 병실에서 내시경을 했기 때문에 바깥에서는 유민택이 그 모든 걸 듣고 있었다.

"중국인까지 동원해서 우리 뒤통수를 치려고 한 건가?"

"그들 역시 대룡의 정보력을 알고 있었으니까요."

"자네가 아니었다면 당했겠군."

유민택은 어이가 없다는 듯 말했다.

"다만 확실하게 특정하지는 못한 게 문제인데요."

"아니, 이거면 충분하네."

유민택은 괜찮다는 듯 말했다.

"국정원이 주영진을 노린 것도 드러났으니까."

"하지만 정작 그 의료 민영화 정보에 대해서는 정성아, 아니 류사오가 아는 게 없네요."

그게 있어야 제대로 역습을 할 수 있는데 말이다.

"물론 자네 입장에서는 그렇지. 자네는 상대방을 완전히 붕괴시켜 버리는 타입이니까."

"그렇지요."

"하지만 현실적으로 말하면 여기까지가 딱 좋아."

"여기까지가요?"

"그래, 그걸 찬성하는 사람만 있는 게 아니니까."

"아……."

의료 민영화를 찬성하고 그걸 어떻게 해서든 통과시키려고 하는 것은 자유신민당이다.

그리고 민주수호당은 그걸 반대하고 있다.

"그들에게 이걸 주면 어떻게 되겠나?"

"민주수호당이 물고 늘어지겠군요."

"그래. 아주 대놓고 한다고 하면 자네도 말했다시피 아예 우리는 정부와 적이 될 거야."

그건 대룡도 원하는 일이 아니다.

"하지만 이 정도면, 해도 불편은 해질지언정 적으로 보이지는 않을 걸세."

"으음……."

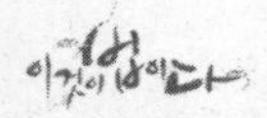

노형진은 고개를 끄덕거렸다.

그는 적이라고 판단하면 끝장을 보려고 한다.

하지만 정치적 타협이라는 부분에 있어서 유민택은 그보다 훨씬 뛰어난 능력을 가지고 있다.

"그리고 국정원 입장에서도 상당히 불편한 상황이 될 걸세."

"어째서요?"

"우리가 그들의 요원의 신분을 알고 있으니까."

"아, 그렇겠네요."

노형진이 과거에 자신을 따라다니는 국정원 요원들을 쫓아 보낼 때 쓴 게 중국이나 러시아의 대사관 직원을 부른다는 말이었다.

국정원은 자기들이 드러나는 것에 대해 극도로 두려워한다.

"국정원 요원 하나를 키우는 데 10억이 든다고 하지요?"

이번 사건으로 인해 드러난 요원만 열 명이다.

단순 계산으로 보면 100억이 날아간 셈이다.

"국정원도 멍청한 짓은 못 할 거야."

"하지만 두한이 그냥 포기할까요?"

유민택이 씩 웃었다.

"포기? 안 하겠지. 하지만 그들이 결사적으로 이걸 방해하게 할 수는 있지."

"방해하다니, 뭘요? 의료 민영화 말입니까? 그럴 리가요. 저들이 이걸 포기할 리 없지 않습니까?"

"허허허, 자네도 가끔은 단순하군. 저들이 우리를 노렸듯이 우리도 저들을 노릴 수 있네. 정확하게 말하면 우리가 움직이는 걸 그들이 보고 있을 거라는 거지."

유민택은 너털웃음을 지으며 말했다.

"걱정하지 말게. 지금부터 두한은 어떻게 해서든 그걸 막으려고 할 테니까, 하하하."

⚖

이상주는 주먹을 부들부들 떨었다.

컴퓨터에서 나오고 있는 목소리. 비밀리에 보내진 녹음 파일이다.

대룡이 국정원에 보낸 파일이었는데 그게 그에게까지 왔다.

'쾅!' 소리가 나도록 책상을 내려치는 이상주.

평소에는 치밀한 그가 이렇게 화를 내는 것은 극히 드문 일이었다.

"무려 10년이다! 무려 10년이야! 우리가 이번 일을 위해 준비한 기간이 10년이야! 그런데 이걸 대룡 그 자식들이 해처먹겠다고!"

이문소가 당혹스러운 표정으로 말했다.

"아버지. 아니, 회장님. 이게 어떻게 된 건지 잘 모르겠습니다."

"잘 모른다고 끝날 일이냐!"

국정원에 이 자료를 넘기면서 대룡이 요구한 것은 업체의 변경이었다.

당연하게도 그 업체는 다름 아닌 자신들, 대룡이었고.

두한이 10년간 공들인 끝에 전 국민의 모든 정보를 얻을 수 있게 된 상황이었다. 그런데 그걸 대룡이 모조리 집어삼킬 위기였다.

"그게, 국정원도 당황하고 있습니다. 이게 드러나면 국정원 입장에서는 정치적인 부담이 너무 커서……."

"의원들은! 뭐라는 거야!"

"의원들도 곤혹스러워하고 있습니다. 만일 넘기지 않는다면 모든 자료를 공개하겠다고 했답니다."

"이런 젠장!"

졸지에 두한은 극도로 불리한 상황이 되어 버렸다.

그럴 수밖에 없는 게, 두한은 10년간 공을 들였다.

그 과정에서 뇌물을 주고 설득도 하고 포섭도 하고 정보도 빼돌렸다.

쉽게 말해서 그들은 가해자 입장인 것이다.

하지만 대룡은 아니다.

이번 일에서 대룡은 철저하게 피해자의 입장이다.

대룡이 그걸 공개한다고 해도 그들이 입을 피해는 전혀 없다.

대룡은 자신을 지키기 위해 공개한 것뿐이니까.

물론 그 대신에 국정원과 국회의원 여럿이 날아갈 것이다.

"그러니까 그 미친놈들이 그 권한을 달라고 했겠지."

이상주는 이를 뿌드득 갈았다.

"절대 안 돼. 그럴 수는 없다."

그들이 대룡을 표적으로 삼은 이유가 뭔가?

그들에게 가장 위험한 적이기 때문 아닌가? 그런데 대룡에 국민들의 개인 정보가 넘어간다?

그러면 절대로 그들은 대룡을 못 이긴다.

아마 의료 민영화 시장은 무조건 대룡에 넘어갈 것이다.

대룡은 경험도 풍부하고 자금도 될 뿐만 아니라 인원을 보충하기 쉽다.

이문소가 곤란한 듯 이상주에게 물었다.

"회장님, 이거 어떻게 하지요?"

"후우, 늦춘다."

"네?"

"우리 쪽 사람들에게 말해서 지금부터 그 법을 최대한 막으라고 해."

"네에?"

"아니면, 넌 이 모든 걸 대룡에 넘길 생각이냐?"

분노에 찬 이상주의 눈빛을 마주한 이문소는 움찔하며 고개를 저었다.

"그건…… 아닙니다."

두한의 생각은 간단했다.

내가 가지지 못한다면 누구도 가지지 못한다.

"그들이 절대로 가지지 못하게 해야 한다."

당연히 법이 만들어지는 걸 막아야 한다.

웃긴 상황이지만 이게 현실이었다.

대룡은, 아니 유민택은 그런 두한의 성향을 누구보다 잘 알고 있었기에 말도 안 되는 요구를 한 것이다.

그리고 이제는 두한이 그 법을 막아야 하는 처지가 되었다.

"대룡 놈들, 언젠가는 두고 보자."

분노로 주먹을 부들부들 떠는 것 말고는 지금 이상주가 할 수 있는 건 없었다.

인연 좋아하지 마라

미래에 대한 두려움은 누구나 가지고 있다.

그리고 그러한 두려움 때문에 누구나 다 노력을 하려고 한다.

하지만 가끔은 그러한 노력이 의미가 없다고 생각하는 사람들이 있다.

물론 그들이 처음부터 그러는 것은 아니다.

그들이 그렇게 되는 것은 주변에서 그렇게 만들기 때문이다.

"친구?"

"응, 내 친구. 아니, 선배라고 표현하는 게 맞으려나?"

서세영은 의외의 이야기를 꺼냈다.

"그게 누군데?"

"오빠는 잘 모를 거야. 윤성찬이라고, 디자인학과 다녀."

"남자야?"

노형진은 고개를 갸웃하며 물었다.

서세영은 법학과다. 디자인학과와는 전혀 상관없다.

그런데 디자인학과 다니는 선배라니? 그건 좀 생각지도 못한 관계였다.

"좀 뜬금없기는 하네. 선배란 말이지?"

"어, 선배야."

"그렇지. 선배지, 선배."

노형진은 서세영의 말에 살짝 웃었다.

그 미소를 본 서세영은 왠지 불안해졌다.

"아니, 왜 웃어? 불안하게. 오빠가 그렇게 웃으면 꼭 누구 하나 끝장나던데."

"어, 맞아. 일단 죽여 놓고 시작하자."

"워워. 아니, 왜?"

"남자 친구라면서?"

"아, 노노노. 그런 거 아니야. 남자 사람 친구야! 남자 사람 친구!"

"확실해?"

"아마도?"

"역시 일단 반쯤 죽여 놔야겠어."

서세영은 노형진에게 도움을 받은 후 노형진의 가족과 함께 살게 된 여자아이였다.

지금은 한국대에서 로스쿨을 준비하고 있었는데, 보통은 노형진에게 도움을 청하는 경우는 없었다.

일단 과거의 문제 때문에 심적인 부담감을 가지고 있는 것도 사실이고, 엄밀하게 말하면 같은 핏줄도, 입양된 것도 아닌데 자신에게 금전적 정서적 지원을 하는 노형진과 그 가족에게 미안함을 가지고 있기 때문이다.

물론 노형진은 그녀를 친여동생처럼 생각하고 있었고 그래서 언제나 남자 친구가 생기면 일단 반쯤 죽이고 시작한다고 말하곤 했다.

"설마 내가 진짜 반쯤 죽이겠니? 농담이야, 농담."

"절대 농담 같지 않거든!"

"그래, 48.5%만 죽일게."

"그게 더 농담 같지 않다."

서세영은 긴 한숨을 쉬더니 머리를 긁적거렸다.

"확실하게 말하는데 나는 그 선배한테 눈곱만큼도 관심 없어. 하늘에 맹세코."

"그런데 왜 도와 달라는 거야?"

"아무리 봐도 정상적인 상황이 아니니까 그러지."

"그렇다고 해도 네가 선불리 남을 도와주겠다고 나설 사람은 아니잖아."

"아니, 상황이 너무 안 좋으니까 불쌍해 보여서. 뭐랄까, 가슴이 찡하달까?"

"얼씨구? 방금은 남자 사람 친구라며?"

"아, 그건 맞아. 남자 사람 친구 맞아. 나는 전혀 마음 없어. 그냥 너무 힘들어 보이니까……."

노형진은 길게 한숨을 쉬었다.

"넌 아무래도 검사나 판사는 못 하겠다."

"아니, 웬 뜬금없는 악담?"

"악담이 아니라, 공감 능력이 너무 뛰어나면 검사나 판사는 못 해. 정확하게 말하면 좋은 선택이 아닌 거지."

피해자에게 감정이입을 해도 가해자에게 감정이입을 해도, 공정해지기 힘드니까.

"전부터 본 거지만 넌 변호사를 해야겠다."

"그건 로스쿨 끝나고 결정하지, 뭐."

서세영은 머리를 긁적이다가 갑자기 손뼉을 짝 쳤다.

"그런데 왜 갑자기 이야기가 나한테 튀는데?"

"모르지?"

"'모르지?'가 아니라, 일단 오빠의 도움이 필요하니까 온 거잖아."

"누가?"

"윤성찬이라는 그 선배 말이야."

서세영은 자신이 아는 사항을 최대한 설명해 주기 시작했다.

"그 선배가 교수님한테 찍혔거든."

"교수님한테? 왜? 이해가 안 가네? 그런데 그렇다고 네가

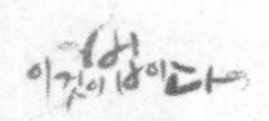

왜 도와줘?"

"그 교수가 내가 봐도 제정신이 아니라서."

"네가 그 교수를 볼 일이 뭐가 있다고?"

"교양으로 들어 본 적이 있거든."

"그래?"

노형진은 머리를 긁적거렸다.

물론 일반적으로 교양은 계약직 교수들이 하기는 하지만 가끔은 정교수가 하기도 하니까.

"거기서 만난 거야?"

"뭐, 그렇지."

"그런데 왜 찍힌 거야? 아니, 교수 이름은 뭔데?"

"윤요석."

"누구?"

"윤요석. 몰라? 방송에도 나오는 유명한 디자이너인데."

"아니, 이름이야 알지. 그런데 그 사람이 왜 갑자기 튀어 나와?"

윤요석. 한국에서 상당한 지명도를 가지고 있는 디자이너다.

프랑스 파리에서 패션쇼를 한 적도 했고, 유명한 패션심사 위원이기도 했다.

디자인에 대해서는 전혀 모르는 노형진조차도 윤요석이라는 이름 자체는 알고 있을 정도로 유명한 사람이었다.

"방송에도 나오는 걸 보면 성격이 나빠 보이지는 않는데?"

"방송이야 뭐 이미지 팔아먹는 거잖아. 그건 오빠가 가장 잘 아는 거 아냐?"

"그건 그렇지."

노형진은 고개를 끄덕거렸다.

방송에서 보여 주는 것과 실제 모습은 하늘과 땅만큼이나 다른 경우가 많으니까.

"하지만 나도 몰랐는데, 그 사람 성격이 그렇게 지랄맞다고 하더라고. 나야 교양만 들었으니까 뭐 그런 걸 겪어 볼 기회가 없었지만."

"하지만 그래도 이해가 안 가는데. 찍히는 것도 이유가 있어야 찍히는 거지 무조건 찍히는 경우는 거의 없거든."

"아니, 그게 말이지, 원래는 성찬이 오빠 쪽 잘못도 아니야."

"응? 그게 무슨 말이야?"

그쪽 잘못도 아닌데 윤요석이 왜 그렇게 이를 간단 말인가?

"그 교수님이 다른 사업을 하는 모양이야."

"그 정도 되는 디자이너라면 원래 다른 사업을 할 수밖에 없지. 다른 것도 아니고 디자이너면 자기 브랜드 정도는 가지고 있는 게 보통이잖아."

"하긴, 자기 브랜드가 있으니까 유명해지는 거니까."

"그렇지. 그런데 그거랑 무슨 관계야? 자기 회사에 오라고 했는데 안 간 거야?"

"아니, 그런 건 아니고, 거기서 학생들 디자인을 도둑질하

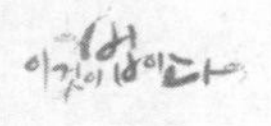

는 모양이야."

"도둑질?"

노형진은 고개를 갸웃했다.

학생들의 디자인을 도둑질한다는 게 순간 이해가 가지 않았기 때문이다.

"아니, 왜? 그리고 그건 어떻게 안 거야? 학생들이라고 해도 그 브랜드 디자인을 모두 다 보지는 않을 텐데. 윤요석 브랜드 정도 되면 어마어마하게 비쌀 텐데? 그건 또 어떻게 알았대?"

"연예인이 그걸 입고 공식 석상에 나갔거든."

"공식 석상에?"

"알고 보니 홍보 차원에서 렌털업도 하는 모양이더라고."

"옷을 빌려준다고? 요즘 누가 옷을 빌려 입어?"

"일반인이야 잘 안 빌려 입지. 하지만 연예인들은 협찬이라고 많이 빌려 입잖아."

"아, 그랬지."

연예인들은 옷이 많이 필요하다.

그런데 그걸 다 살 수는 없는 노릇이다. 양도 어마어마하고 돈도 많이 든다.

그래서 많은 연예인들이 협찬사라는, 옷을 전문적으로 빌려주는 곳에서 빌려 입는다.

"보통은 홍보가 목적이지."

그리고 노형진의 기억이 맞는다면 윤요석은 자신의 브랜드를 가진 디자이너다.

당연히 그 옷을 홍보할 채널이 필요한데, 그게 바로 연예인들에게 옷을 빌려주는 것이다.

연예인이 입고 나가는 것 자체가 홍보가 되니까.

“그런데 뭐가 문제야?”

“작년 연말에 방송에 드레스를 입고 나간 연예인이 있는데 그 디자인이 성찬이 오빠 디자인이었던 모양이야.”

연말이 되면 많은 사람들이 옷을 협찬받기 위해 난리다.

특히나 여자 배우들은 어울리는 드레스를 찾기 위해 혈안이 된다.

비슷비슷한 턱시도를 입는 남자와 다르게 여배우들에게 드레스란 하나의 아이덴티티이며 자신을 드러내는 경쟁의 대상이기 때문이다.

그래서 더 좋은 것, 더 아름다운 드레스를 찾기 위해 여자 배우들의 코디들은 온 회사를 돌아다닌다.

“교수라는 사람이 제자의 디자인을 표절한 거야?”

“정확하게 말하면 빼앗았다고 봐야겠지. 아까 말했잖아, 도둑질했다고.”

리포트로 제출한 디자인이다.

그런데 그걸 그대로 드레스로 만들어서 팔아먹고 있었던 것이다.

"흠…… 꼴을 보아하니 뻔하네. 그 윤성찬이라는 학생이 그걸 가지고 따졌구나?"

"역시 오빠는 눈치가 빨라. 그런 짓거리가 한두 번이 아니었다고 하더라고. 선배들도 다들 알면서도 쉬쉬하고 있었나 봐. 아무래도 그 사람이 힘이 있으니까."

다른 학생들은 상대방이 워낙 유명한 사람인지라 어쩔 수 없이 포기했지만 윤성찬은 포기하지 않고 정식으로 항의했다고 한다.

"교수가 뭐 실수였다고 하면서 디자인비를 좀 주기는 했는데, 그걸로 찍힌 모양이야."

"그걸로?"

"그래, 뻔한 거지. 감히 네가 나를 무시해? 이런 거."

어쭙잖게 윤요석의 흉내를 내는 서세영.

'하긴 세상에 미친놈은 너무 많지.'

농담이 아니라 실제로 그런 말도 안 되는 개 같은 짓을 하는 놈들은 넘쳐 난다.

"어쨌든 그래서 윤요석이 눈깔이 돌아간 거지. 감히 자기를 무시했다고. 제자가 찾아와서 자기 디자인을 왜 팔았냐고 따졌으니."

"그놈의 감히는."

누가 노형진에게 개인적으로 가장 싫어하는 단어를 선택하라고 한다면, 그건 '감히'라는 말이었다.

사람은 결국 자신의 자리에서 자신의 일을 하는 것뿐인데 '감히'라고 하면서 상대방을 통제하는 것은 정상이 아니니까.

"그날 이후로 공공연하게 오빠를 말려 죽이려고 행동하나 봐. 이 바닥에서 발을 붙이지 못하게 한다고 호언장담을 하고 다닌다는 말도 있어."

"그리고 그 대상은 다른 교수들이겠군. 뻔하지. 어린놈이 돈독이 올랐네, 싸가지가 없네, 스승에 대한 예의가 없네 등등."

"알아?"

"아는 게 아니라, 그런 경우가 너무 많으니까."

노형진은 길게 한숨을 내쉬며 말했다.

"기본적으로 말이야, 교수의 갑질은 윤요석만의 문제가 아니야. 아마 어지간한 곳은 다 있을걸. 특히나 취업 루트가 뻔한 곳들은 교수들의 힘이 더 강하지."

그리고 디자인학과는 사실 취업 라인이 극도로 제한되어 있다.

제대로 디자인을 팔아먹기 위해서는 의류 회사에 취업해야 하는데, 대부분의 회사는 인맥으로 연결되어 있으니까.

"그러니까 제자의 디자인을 빼앗아서 팔아먹었는데 그게 걸리니까 기분이 나빴다 이거네."

"맞아."

"미친놈은 맞네."

"미친 짓은 그것만이 아니야. 자기반성은 안 하고 교수의 권한을 무시한 것에 대해 용서를 빌라고 그랬대."

노형진은 혀를 끌끌 찼다.

"용서라는 것은 잘못한 사람이 피해자에게 비는 거야. 그런데 지금 누가 누구한테 용서를 빌라는 거야?"

"그러니까 말이 안 되잖아. 오빠는 완전히 혐오에 질려서 디자인 쪽은 포기할까 생각 중인가 봐."

"그럴 만하지."

디자인은 자신의 자식이나 마찬가지다.

그런데 그걸 빼앗은 것에 대해 따졌다는 이유로 용서를 빌라는 소리까지 들었으니까.

"뭐, 그만두는 건 내 알 바 아니긴 한데."

노형진은 머리를 긁적거렸다.

"하지만 얘기를 들어 보니 재능은 진짜인 것 같단 말이지."

"내가 그래서 오빠를 찾아온 거야. 오빠는 재능이 있는 사람을 좋아하잖아?"

"그건 그렇지."

졸업한 것도 아니고 아직 학생이다.

실무 경험은 거의 없다는 소리다.

그런데도 불구하고 그가 리포트로 낸 디자인이 전문 업체에서 제작되어 팔렸다는 것.

그것도 그저 그런 사람들에게 팔린 게 아니라 그러한 드레스들의 자존심 전투장이나 마찬가지인 연말 시상식에서 착용 되었다는 것은 그가 가진 재능이 어느 정도 수준인지 말해 주는 일이다.

"그래서 내가 봐도 참 안타까워, 무척이나 재능이 있는데 교수 갑질 때문에 너무 안 좋은 상황이니까."

"무슨 소리인지 알겠다. 잘못한 사람은 다리 펴고 살고 있는데 정작 피해자는 당하고 산다는 거지?"

"그래. 그게 오빠가 제일 싫어하는 그런 거잖아."

서세영은 고개를 끄덕거리며 말했다.

그녀가 봐도 지금 상황은 정상이 아니었다.

"그래서 오빠가 좀 도와줬으면 해. 재능이 있는 사람이 이렇게 인생이 망가지는 건 아니라고 생각해."

"그건 그런데."

노형진은 머리를 긁적거렸다. 이 상황이 곤란하기 때문이다.

"일단 제대로 말할게. 오빠가 아니라 변호사로서 말이야."

"그래, 내가 원하는 게 그거야."

"하지만 대답 자체는 네가 원하는 게 아닐걸. 이건 방법이 없어."

서세영은 당황해서 노형진을 바라보았다. 지금까지 단 한 번도 이런 소리를 한 적 없는 노형진이었으니까.

"왜 없어?"

"명확하게 말하면 불법행위가 이루어진 게 없잖아."

"인생을 망가트리겠다고 이야기했다잖아."

노형진은 입맛을 다셨다.

가슴 아프지만 그걸 증명할 방법이 없으면 불리한 것은 윤성찬이다.

"그걸 증명할 수가 없잖아."

증명을 한다고 해도 문제다. 가해자의 신분이 교수이기 때문이다.

"교수라는 직책이 무서워서?"

"그럴 리가 있냐. 교수라는 직책이 무서워서 그런 게 아니라 교수라는 직업적 특성 때문이야. 그들은 제자를 가르치는 사람이야. 당연히 제자에 대해서 평가를 할 수가 있지. 그건 그의 권한이야."

기회는 한정되어 있고 그걸 잡으면 사회로 좀 더 쉽게 나갈 수 있는데, 문제는 그걸 판단하는 것이 교수의 권한이라는 거다.

"하지만 다른 사람들에게 그런 이야기를 한 것 자체로 명예훼손 같은 건 안 돼?"

"무리라니까. 그리고 그런 인간들은 쓰지 말라는 말은 절대 안 해. 책임지지 않는 선에서 그 아이는 재능이 없다, 그 아이는 아직 준비가 안 되었다, 기껏해야 아직 어려서 인성훈련이 필요하다, 그 정도만 말하겠지."

서세영은 기가 막히다는 듯 말했다.

"하지만 그런 정도만 해도 관련 직종에 있는 사람들이 성찬이 오빠한테 일할 기회를 안 주잖아! 그런데 그게 범죄가 아니라고?"

"문제는 그 이후에 알아서 긴 것뿐이잖아. 엄밀하게 말하면 그들은 교수의 조언을 받아들인 것뿐이야."

그런 경우 취업을 한 상황이었다면 부당 해고 정도나 적용될 것이다.

하지만 윤성찬은 학생이다.

회사에서 그를 뽑아 주지 않는다고 해도 법적으로 문제가 안 된다.

취업도 못 했는데 자기를 안 써 준다고 회사를 대상으로 소송을 할 수는 없는 노릇이고 말이다.

"그러면 어떻게 해? 방법이 없나?"

"음……."

노형진은 머리를 긁적거렸다.

"하긴 이건 복수재단의 힘으로도 어떻게 안 되네."

"녹음해서 공개하면 안 되나?"

"그 교수도 바보는 아닐 거야. 아마 전화도 분명 다른 사람에게 시켰을걸. 추천사라는 게 괜히 있는 게 아니잖아. 그리고 이런 예술 쪽에 가까운 업무들은 아무래도 기존 기득권층의 추천사가 무척이나 강한 효과를 발휘하지."

그러니 제대로 수사한다고 해도 나올 수 있는 건 아무것도 없다.

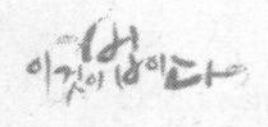

"인맥이라는 게 골치 아픈 이유가 이런 것 때문이야. 한국에서 3대 인맥이 악의 축이라는 걸 알면서도 못 막는 이유가 뭔데?"

한국의 3대 인맥, 혈연, 지연, 학연.

인연을 소중하게 여기는 건 나쁜 게 아니다.

하지만 이 세 가지 인연은 소중한 걸 넘어서 자기들끼리 다 해 처먹으려고 하니까 문제가 되는 거다.

게다가 현실적으로 그게 대부분 최악의 상황이 되어 버린다.

심한 경우는 국가 기밀도 선후배라고 팔아먹으니까.

그게 나쁜 걸 몰라서 가만두는 게 아니다. 그걸 막을 방법이 없다는 것이 문제다.

"결과적으로 말해서 이번 사건은 해결 방법이 없다는 거네?"

"맞아. 정확하게 그래."

"하지만 오빠는 뭐든 다 해결해 왔잖아?"

"그건 그렇지."

또한 그것도 맞다.

"하지만 단도직입적으로 말하면, 이번 사건을 해결할 방법이 없다는 건 법적으로 어떻게 해 줄 수 있는 방법이 없다는 거야."

"법적으로?"

"그래."

악당이 효과적인 방식을 쓰기 시작하면 법은 결국 그걸 따라가지 못하는 것이 현실이다.

실제로 이런 일이 있었다.

새엄마가 전처의 딸을 집요하게 괴롭혀서 자살 직전까지 몰아갔다.

그러면서 그녀는 다른 사람들 앞에서는 언제나 오로지 피해자 행세만 했고, 그 악행에 질려서 엇나가 버린 딸을 가해자로 몰아갔다.

아버지는 그것도 모르고 딸이 헛소리를 하고 나중에는 정신병이 있다고 생각해서 딸을 정신병원에 가두기도 했다.

그녀의 꼬리는 딸이 나이를 먹으며 주변에 다른 친구가 생김으로써 잡혔다.

친구가 딸에게 작은 카메라를 빌려줬고, 그 감춰진 카메라에 찍힌 영상으로 그녀의 본성이 그대로 드러났던 것이다.

그게 드러났을 때 그녀는 반성하는 대신에 당당하게 이혼을 요구하면서 재산의 절반을 요구했고 말이다.

결과적으로 똑똑한 악당 한 명이 온 집안을 말아먹은 것이다.

"일단 법적인 방법이 아닌 다른 방법을 쓰기 위해서 가장 먼저 해야 하는 건 윤요석에 대해 알아보는 거야. 이건 쉽게 해결할 수 있는 문제가 아니니까. 수십 년, 아니 수백 년을 대한민국의 고질적인 문제로 버티는 지연 문제야. 해결이 쉬울 리 없지."

"끄응……."

서세영은 곤란한 듯한 얼굴이 되었다.

하지만 진짜 곤란한 이야기는 또 있었다.

"그리고 법적인 방법이 아니라고 하면 결국 내가 돈을 투자하는 방식이 되어야 한다는 건데, 내가 손해 보면서 그런 행동을 할 수는 없잖아?"

"그건 그러네."

돈이 많다는 것과 그 돈을 허공에 날린다는 것은 전혀 다른 문제다.

노형진이 돈을 쓰기 시작하면 못 이기는 게 이상한 거지만, 그 사건에 그만한 가치가 있는지가 관건이다.

"어떻게 안될까? 역시 무리겠지?"

"내가 좀 알아보고 이야기해 줄게."

노형진은 입맛을 다시면서 말했다.

⚖

일단은 윤요석이 어떤 인간인지 알아야 했다.

그래서 노형진은 그에 대해 조사해 줄 사람을 찾았다.

"확실히 윤요석이 문제가 많기는 하네요."

고문학은 윤요석에 대한 정보를 가지고 오면서 혀를 끌끌 찼다.

"이런 인간이 한국을 대표하는 디자이너라는 게 믿기지가 않네요."

"그 정도인가요? 범죄 경력이 화려합니까?"

"아니요. 범죄 경력만 따지면 무척이나 깨끗합니다. 심지어 과속 딱지 하나, 무단 주정차 딱지 하나 없더군요."

노형진은 혀를 내둘렀다. 그건 절대로 쉬운 일이 아니니까.

"주변 사람들의 평가는요?"

"주변 사람들의 평가는 인성적인 평가를 보면 뭐랄까, 극단적입니다."

"극단적?"

"쉽게 말해서 윤요석이 업무적으로 제휴를 맺고 있거나 윤요석이 하는 일에 영향을 행사할 수 있는 사람의 이야기만 들어 보면 진짜 호인입니다."

작은 실수를 뭐라고 하지는 않고 큰 것을 바라볼 줄 알며 또 성급하게 흥분하지도 않는다.

"하지만 그 아래에서 일하는 사람들 말을 들어 보면요, 일단 건드리지만 않으면 된답니다."

"건드리지만 않으면 된다?"

"네. 건드리지 않고 그냥 평범하게 두면 조금 성격이 더러워도 감당 못 할 정도는 아니라는 거지요."

"건드리면요?"

"그때는 진짜 집요하게 사람을 말려 죽인다고 합니다."

단순히 화를 내는 게 아니라 지속적으로 관리하고 말라 죽으라고 호통치고 커리어를 망치기 위해 얼마나 노력하는지, 상상도 못 할 수준이라고 한다.

"눈 밖에 나면 그냥 다 털고 그만둔다고 하네요."

"그 정도입니까?"

"네, 그래서 회사 직원도 자주 바뀐다고 하더군요."

"얼마나 자주요?"

고문학은 잠깐 서류를 뒤적거리고는 혀를 끌끌 찼다.

"보통 3개월이 한계라고 하는군요."

"3개월쯤 지나면?"

"한계가 오는 거지요. 그러면 뻔하지요. 모든 걸 내려놓고 그냥 기계처럼 회사를 다니든가, 아니면 못 버티고 그만두든가."

노형진은 그가 어떤 인간인지 대충 감이 왔다.

"쉽게 말해서 강자에게 약하고 약자에게 강한 전형적인 소인배군요."

노형진은 머리를 긁적거리며 말했다.

"그렇다고 보시면 될 것 같습니다. 왜 이러는지는 모르지만요."

원래 이런 놈이었을 수도 있다.

혹은 원래는 이렇지 않았는데 성공하면서 바뀐 것일 수도 있다.

무명 시절에 당했던 원한 때문에 자신을 무시하는 사람에 대해 트라우마가 있을 수도 있으니까.

어느 쪽이든, 문제는 윤요석이 하는 모든 행동이 정상은 아니라는 것이다.

“사실 이건 문제가 될 게 많은데요, 법적으로는 방법이 없습니다.”

고문학도 걱정스럽게 말했다.

“전화를 한 건요?”

“예상대로입니다. 제삼자를 시켰습니다. 좀 알아보니 윤성찬에 대해 거의 모든 곳에 전화를 해 놨습니다. 현실적으로 윤성찬 군이 한국 디자인 업계에 취업하는 것은 불가능하다고 봐야 합니다.”

“그 정도입니까? 디자이너가 필요한 곳이 한두 곳이 아닐 텐데요.”

한국에 의류 회사가 한두 곳도 아니고 그 모든 곳에 전화를 한다는 게 가능한 건지, 노형진은 이해가 가지 않았다.

“물론 아주 작은 곳이라면 모르겠지만 어지간히 규모가 되는 곳에는 다 전화했습니다.”

“흠, 따져 봐야 윤요석은 발뺌하겠군요.”

노형진은 그렇게 말하면서 머리를 긁적거렸다.

“이런 상황이라면 진짜 법적으로는 어떻게 할 방법이 없는데.”

물론 회사에서 그런 전화가 왔다는 걸 인정한다면 모르겠지만, 그들이 미쳤다고 그런 걸 인정할 리 없다.

“복수재단을 이용하는 건 어떨까요?”

고문학의 말에 노형진은 고개를 흔들었다.

"복수재단은 안 됩니다. 복수재단 자체가 불법과 합법의 아슬아슬한 경계에 위치한 곳이라서요."

복수재단에서는, 명백하게 위법적인 행동을 했지만 처벌을 받지 않거나 처벌이 너무 미약해서 불법행위를 근절할 방법이 없을 때만 나선다.

"그런데 이런 상황에서 나서는 건 도리어 복수재단의 정당성이 의심될 수밖에 없습니다."

명확한 증거가 하나도 없으니까.

결과적으로 저쪽에서 억울하다고 언론을 이용하기 시작하면 불리해지는 것은 이쪽이다.

"복수재단의 특성을 생각하면 절대로 섣불리 움직여서는 안 됩니다."

"정보길드에는 뭔가 없답니까?"

"애석하게도요."

윤요석이 갑질을 하기는 하지만 최소한 범죄 자체를 저지르는 놈은 아니다.

아니, 저질렀을 수도 있지만, 아직 복수재단에 접수된 건 없다.

"물론 그걸 공지하는 방법도 있지만요."

문제는 공지로 해결하기에는 저쪽 권력이 너무 강하다는 것이다.

"상황이 애매하군요. 하긴 이런 경우는 많지요."

고문학 역시 이런 경우에 대해 많이 알고 있었다.

"학생들을 노예 취급하는 작자들은 넘쳐 나니까요."

"학생들뿐입니까?"

사회 전반적으로 청년들을 노예처럼 취급하는 문화는 널리 퍼져 있다.

군대만 가도 군인은 사람이 아니라 노예로 보면서 갑질하고 구타한다.

대기업도 마찬가지. 청년들은 정규직을 꿈꾸며 힘들게 들어가지만 비정규직, 아니 인턴 기간 동안 단물만 쏙 빼먹고 그 후에는 바로 버려 버린다.

"이런 문화 자체가 근절되기 전에는 해결책이 없어요."

"그걸 저한테 고치라고요?"

"아니, 그건 아니고요."

"이 문제만으로도 저는 머리가 아픕니다."

노형진은 질렸다는 듯 머리를 흔들었다.

"하여간 이 문제에 대해 제가 해결할 방법은……."

노형진은 모니터로 시선을 돌려서 사진을 무심하게 넘겼다. 화면에는 윤요석의 브랜드에서 나온 옷을 입은 배우들이 슥슥 지나갔다.

"그러고 보니……."

"네?"

"윤요석이 왜 갑자기 학생의 디자인을 빼앗기 시작했을까요?"

"그거야, 자기 편하자고요?"

"뭐, 그럴 수도 있지요. 결국 돌고 돌아서 돈 문제겠지만요."

사실 인간의 행동의 이유 80% 이상은 돈이라는 결론에 다다른다. 하지만 그렇다고 해도 20%가 이해가 안 된다.

"그가 원래 착했다 같은 문제가 아닙니다. 그는 교수이고 나름 유명한 디자이너입니다. 그런데 남의, 그것도 제자의 디자인을 빼앗는다는 건 자기 자존심을 버리는 행동이거든요."

"그런가요?"

"흠……."

노형진은 느긋하게 사진을 보기 시작했다.

확실히 조사한 자료만으로는 그가 가진 모든 행동을 설명할 수가 없었다.

"이건 뭐, 제가 봐도 뭐가 뭔지 모르겠네요. 전문가에게 물어봐야겠습니다."

"전문가들이 우리를 도와줄까요?"

"뭐, 진짜 전문가는 아닙니다. 다만 손님으로서 그 물건을 봐 주는 사람이 있긴 하지만요. 브랜드가 있다는 것, 그건 팔기 위해 물건을 만든다는 소리니까요."

그리고 노형진에게는 그런 구매자 입장에서 냉철하게 판단해 줄 수 있는 사람이 있었다.

—윤요석부티크?

"그래. 넌 어떻게 생각해?"

노형진이 생각한 전문가는 디자인 전문가가 아니었다.

다만 그걸 소비해 주는 사람 입장에서 그 브랜드가 가지는 가치를 판단할 줄 아는 사람이었다.

—노땅이지.

손채림은 화면 너머에서 피식 웃었다.

"노땅?"

—그래. 강남 아줌마들이 좋아하는 옷, 그냥 딱 거기.

"음…… 애매한 표현인데?"

—이렇게 표현하려면 되려나? 명품이 되려고 발악은 하는데 명품으로 치기에는 좀 많이 부족한 그런 느낌?

"강남에서는 좋아한다며?"

—그러니까 문제인 거야. 강남에서 좀 산다는 분들이 입기는 하는데, 행사복은 아니라는 거지. 그냥 무난하게 입을 만하다? 이 정도?

"아아, 무슨 소리인지 알겠네."

강남에 산다고 해서, 돈이 좀 있다고 해서 매일같이 좋은 옷만 입고 다니지는 않는다.

사람들을 만날 때마다 수천만 원씩 몸에 휘감고 다닐 수는 없으니까.

–명품이라는 것은 일종의 자존심이거든, 내가 이런 걸 가지고 다닐 수 있을 정도로 성공했다는.

"그래서?"

–그런데 윤요석부티크는 그게 약해. 약할 수밖에 없지. 아이덴티티가 없으니까.

"나름의 특징은 있잖아?"

–그건 아이덴티티가 아니라 그냥 디자인적 공통점일 뿐이야. 전혀 다르다고.

"복잡한 세계다."

노형진은 손채림이 열변을 토하자 머리를 절레절레 흔들었다.

–뭐, 내가 아무리 말해 봐야 네가 여자들의 디자인적 감각을 이해하지는 못할 테니까 쉽게 말할게. 꼰대 냄새 나.

"오케이, 무슨 소리인지 바로 알겠네."

쉽게 말해서 윤요석의 디자인은 오래되고 고전적이라는 거다.

문제는 좋게 표현해서 그렇지 나쁘게 말하면 '노땅' 스타일이라는 거다.

–문제는 말이야, 그게 명품 클래스가 아니라는 거야.

그게 명품 클래스에 들어간다면 그 자체로도 하나의 아이덴티티가 되며 또한 그게 그 브랜드를 대표하는 느낌이 된다.

실제로 모 브랜드는 지난 수십 년간 계속 같은 패턴의 상품만 만들었다.

하지만 그걸 꼰대 냄새 난다고 하는 사람은 없다.

–윤요석부티크는 명품이 아니야. 사실 10년 전만 해도 그딴 거, 알지도 못했지.

전통이 짧은 만큼 강렬한 걸 보여 줘야 한다.

그런데 그런 게 너무 약했다.

–보통 신생 브랜드들은 젊은 감각을 보여 주지. 그걸 이용하면서, 디자이너가 나이를 먹어 감에 따라 자연스럽게 그 브랜드의 정체성이 되어 가니까.

또 젊은 층을 고정 고객으로 잡으면 자연스럽게 그 세대가 추후 장년 고객이 되기도 하고.

–하지만 윤요석은 애초부터 나이 많은 디자이너였어.

그렇다 보니 젊은 세대에게 거의 어필을 하지 못했고, 그래서 강남 아줌마 브랜드 소리를 듣는다는 뜻이었다.

–뭐, 가끔 괜찮은 디자인이 나온다는 건 알고 있었는데, 그 괜찮은 디자인이 빼앗은 거였던 모양이네. 어쩐지 이상하다 싶기는 했어.

"어째서?"

–디자이너가 감성을 바꾸는 건 상당히 힘든 일이거든. 특히 윤요석처럼 나이 먹고 성공한 디자이너는 더더욱 그렇지.

꼰대라는 말은 그냥 생긴 게 아니다.

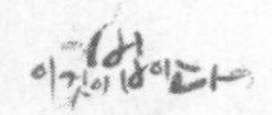

사람이 나이를 먹으면 새로운 걸 시도하기 힘들어진다.

-그런데 가끔 파격적인 디자인이 나오기도 하더라고. 그건 반응도 좋았고.

"그래?"

-응. 그런데 그런 디자인이 꾸준히 나오지 못하는 게 문제였지.

반응이 좋으면 디자이너가 그쪽으로 기회를 잡아야 하는데, 다음에 나오는 건 다시 꼰대 디자인.

-상황을 보아하니 그게 빼앗은 디자인이었겠네.

손채림은 혀를 끌끌 차며 말했다.

"결과적으로 말하면 자기는 이미 늙어서 새로운 디자인을 만들 수 없으니까 젊은 학생들 디자인을 빼앗았다?"

-그렇다고 봐야지.

브랜드가 늙어 간다는 것, 그건 디자이너들의 세계에서 위험한 일이다.

사람은 늙어 보이는 것을 경계한다.

그런데 늙은이들이나 쓰는 디자인이라는 말은 그 옷을 입으면 늙어 보인다는 것을 의미한다.

결국 그걸 사는 사람들은 자신이 늙었음을 인정하는 소수의 사람들뿐일 것이다.

"오케이, 무슨 상황인지 알겠어. 이런 상황이라면 내가 어떻게 해 볼 수 있겠다."

-뭐? 무슨 수로? 법적으로는 방법이 없다면서?

"이쪽에서 거는 걸로는 방법이 없지. 하지만 네가 한 말이 사실이라면 저쪽이 소송을 걸게 할 수 있을 것 같다."

-또 뜬금없는 소리를 하네?

"하하하."

노형진은 그저 웃었다.

⚖

"고소를 하도록 유도한다고요?"

노형진은 서세영에게 말해서 윤성찬을 만났다.

피골이 상접한 그는 노형진이 한 말에 깜짝 놀랐다.

"이미 해당 디자인들, 정확하게 말하면 윤요석부티크에서 나온 디자인 중에서 그의 성향에 맞지 않는 디자인들을 분류하기 시작했습니다."

"그걸 가지고 우리가 고소를 하는 게 아니고요?"

"그럴 생각은 없습니다. 그랬다가는 우리가 도리어 손해를 볼 테니까요."

윤요석은 디자이너들의 세계에서 막강한 힘을 가지고 있다.

이걸 고소해 봐야, 다른 디자이너들이 윤요석이 만든 거라고 하면 싸움이 안 된다.

"하지만 기업 대 기업의 문제가 되면 상황이 달라지지요."

"기업요? 설마 그 옷을 파시겠단 말인가요?"

"네."

"짝퉁을 만들어서 파는 건 불법입니다!"

"디자인을 빼앗는 것도 불법입니다."

"끄응…… 그거야 그렇습니다만……."

윤성찬은 애매한 표정이 되었다.

싸우자니 후환이 두렵고, 그냥 있자니 이미 자신의 인생은 나락으로 떨어졌다.

"대충 보니까 그 회사에서 나오는 디자인 70% 정도는 윤요석의 작품이 아니더군요."

"그야 당연한 거 아닙니까?"

윤요석부티크라고 그의 이름을 붙여 팔고 있지만, 아무리 그가 대단하다고 해도 그 모든 디자인을 감당할 수는 없다.

당연히 그 아래에서 디자인을 하는 다른 디자이너들이 존재한다.

"설마 그걸 걸고넘어지실 생각인가요? 그들이 만든 것도 불법은 아닙니다."

업무와 관련해서 만들어진 디자인. 그건 법적으로 회사에 그 권한이 귀속되도록 되어 있다.

"압니다. 제가 그걸 모르겠습니까? 하지만 그중에도 학생들이 만든 디자인이 있더군요. 오리지널을 살짝 고치거나 한 거요. 전부 다 찾을 수는 없지만 그래도 상당한 양이 있는 걸로 알고 있습니다. 선배들이 그런 이야기 안 하던가요?"
"끄응…… 했지요."
괜찮은 디자인이 나오면 윤요석은 아주 당연하다는 듯이 자기네 회사에서 만들어서 판다.
학생들도 그걸 알지만 다들 쉬쉬할 뿐 아무도 나서서 뭐라고 하지 못한다.
교수니까.
"그리고 애초에 그걸 제출한 건 과제였고요. 안 그런가요?"
"하아, 맞습니다."
교수가 과제로 디자인을 내라고 하는데 어떤 학생이 '도둑질의 위험이 있어서 못 내겠습니다.'라고 하겠는가?
당연히 낸다.
"그러면 그 디자인 원본은 학생들에게 있겠지요?"
노형진은 실실 웃으며 말했다.
"맞습니다. 우리한테 있지요."
눈을 살짝 치켜뜨며 말하는 윤성찬.
"그러면 다른 기업이 그 디자인대로 옷을 만들어서 팔면 어떻게 될까요?"
"네?"
"세영이가 말씀드렸을 겁니다만, 저는 제 이득이 없으면 움직이지 않습니다. 더군다나 이런 경우는 정식으로 저한테 의뢰를 한 것도 아니지 않습니까?"

"제가…… 돈이 없어서……."

윤성찬은 고개를 푹 숙였다.

돈이 없다 보니 노형진을 고용할 수가 없었던 것이다.

하긴 학생이 무슨 돈이 있겠는가?

"그래서 제가 조건을 다는 거지요. 당신의 디자인을 제가 만드는 기업이 사는 겁니다."

"네? 제 디자인을요?"

"네. 그건 상업적으로 만들어진 디자인이 아니니까요."

정확하게 말하면 디자인은 과제로 만들어진 것이고 그 소유권은 여전히 윤성찬에게 있다.

"그걸 기업에서 만들어서 파는 겁니다."

이미 홍보가 제대로 되어 있는 옷이다.

"그 옷의 가격이 어마어마하더군요."

한 벌에 무려 480만 원. 말도 안 되는 가격이다.

"제출한 디자인이 그것만 있는 것도 아닐 테고요."

"그건 그렇지요."

무려 480만 원짜리와 똑같은 디자인이 나온다면 사람들은 그 옷을 사기 위해 몰려들 것이다.

"그러면 윤요석이 회사를 고소하겠지요."

"그게 우리가 고소하는 것과 뭐가 다른지 모르겠는데요."

어차피 저작권 문제가 아닌가?

그런데 굳이 옷까지 만들어서 팔겠다는 노형진의 말에 윤성찬은 어리둥절한 표정이 되었다.

"많이 다르지요. 고소 주체가 윤성찬 씨와 다른 학생들이 아닌 기업이니까요."

만일 윤성찬이 고소를 하면 소송의 구도는 어떻게 될까? 당연히 기업 대 개인이 될 것이다.

많이 봐준다고 해도 교수 대 학생이 될 테고 말이다.

"절대적으로 불리한 상황에서 소송을 시작하는 거지요."

"으음……."

"하지만 제가 만든 기업이 옷을 만들어 팔고 저쪽에서 소송을 시작하면? 기업 대 기업이 됩니다."

그 말은 윤요석이 윤성찬에게 뭐라고 할 수가 없다는 소리다.

그걸 만들어 판 건 노형진이니까.

"설사 그게 디자인 도둑질이라고 해도, 그건 우리 쪽과 윤성찬 씨의 문제이지 윤요석과 윤성찬 씨의 문제가 아니거든요."

"평등한 관계에서 싸움을 시작할 수 있다는 거군요."

만일 불평등한 관계라면 판사는 힘이 있는 사람에게 기울어질 수밖에 없다.

하지만 기업 대 기업이라면 판사는 신중해질 수밖에 없다.

"그리고 그렇게 함으로써 윤성찬 씨 역시 적절한 수익을 얻을 수 있고 말이지요."

"하지만……."

윤성찬은 여전히 겁이 나는 모양이었다.

"어차피 이미 찍힐 대로 찍힌 상황 아닙니까? 윤성찬 씨가 이 일을 하지 않는다고 해서 상황이 나아지지는 않을 것 같은데요."

"그건…… 그렇습니다."

윤성찬은 긴 한숨을 내쉬었다.

"알겠습니다. 소송을 하기로 하지요."

"잘 생각하신 겁니다."

노형진은 웃으며 말했다.

"이제 학생이라고 해서 무조건 권리를 빼앗기는 일은 없어야지요."

그리고 그 권리로 노형진은 돈을 벌 생각이었다.

다음 권으로 이어집니다

노가다로 게임 지존

스노우베어 게임 판타지 장편소설

누군가에겐 지옥 같은 난이도
나에겐 인생 역전의 기회!

게임 작업장에서 대게잡이까지
빚 때문에 노예 같은 삶을 살던 민혁
트럭에 치여 죽은 줄만 알았는데
눈을 떠 보니 20년 전……?

이번에는 다른 삶을 살겠다!
그토록 바라던 억만장자 드림 라이프를 위해
돈 되는, 통칭 갓 겜 '루나틱'에 뛰어드는데……

"아니, 이게 어렵다고?"

한 달 내내 망치만 두드려도 질리지 않는 노가다 적성!
다년간 몸에 밴 작업장 경험!
거기다 게임의 20년 치 패치 정보까지!

회귀에, 정보에, 끝없는 노력까지?
이 게임, 노가다로 끝을 보겠다!